비바람이 불어쳐도

이정표 엮음

동서문화사

비바람이 불어쳐도

차례

한국의 젊은이들에게
이정표

    우리는 애국심에 대하여 많은 이야기를 합니다. 우리 시대에 애국심이란 무엇을 의미합니까? 애국심은 우리나라가 힘 있는 나라로 계속 남아 침착과 지혜, 그리고 자존심을 가지고 모든 인류의 존경을 받으며 그 힘을 사용할 수 있게 하는, 국민적 책임감이라 말씀드리고 싶습니다. 자신보다 국가를 앞세우는 애국심, 일시적으로 흥분되어 감정의 발작을 일으키는 게 아니라 평생 동안 조용히, 그리고 꾸준히 바치는 그러한 애국심 말입니다. 평생의 헌신이란 말하기는 쉽지만 힘든 일입니다. 왜냐 하면 원칙에 따라 사는 것보다 원칙을 위해 싸우는 것이 대체로 더 쉽기 때문입니다.

    애국심은 자신보다 나라를 먼저 생각하는 것이라고 나는 말했습니다. 이것은 추상적인 문구가 아닙니다. 불행하게도 오늘날 우리는 일상 생활에서 자랑스럽게 내놓을 수 없는 것들을 발견하게 됩니다.

    진정한 애국심은 관용과 폭넓은 겸손에 기초를 두고 있다고 나는 생각합니다. 우리들 중에는 다른 사람들을 공격하기 위한 몽둥이로 애국심이란 말을 사용하는 사람들이 있습니다. 흑인, 유대인, 천주교도 또는 일본계 미국인이 자기보다 못한 미국인이라고 생각하는 자칭 애국자에게 우리가 무슨 말을 할 수 있겠습니까? 이러한 행위는 우리 믿음 체계의 핵심 조항, 즉 항상 미국적 이념의 정신이자 혼이 되어

온 개인의 자유와 평등에 대한 신념을 배반하는 것입니다.

여러분, 사상의 자유는 미국의 발전에 크게 이바지하였습니다. 우리 정치적 삶의 활력, 변화를 향한 우리의 능력, 우리의 문화적, 과학적, 그리고 산업적 성과들은 모두 자유로운 탐구, 자유로운 사상으로부터 비롯된 것입니다. 상상력, 다양한 아이디어, 그리고 신사고(新思考)를 두려워하지 않는 도전 정신, 이러한 것들이 오늘의 미국을 이룩한 것들입니다. 우리가 기업의 자유를 지지하듯이 사상의 자유도 지지합시다. 왜냐 하면 결국 우리는 죽을 때까지 그것을 지키기 위해서 싸울 것이기 때문입니다. 그렇다면 우리는 왜 자유를 에워싸고 다가오는 위험들을 찾아내는 데 소극적이거나 무관심한 것입니까?

이 불안하고 혼란스런 시기에 우리들의 고귀한 자유에 대한 많은 위협들은 우리나라 내부 공산주의 위협에 관한 선의의 우려에 기인하는 것처럼 보입니다. 공산주의는 가공할 만한 것입니다. 그것은 개인을 목조르는 것이며 혼을 말살하는 것입니다. 이 잘못 태어난 우상을 떠받드는 일부 미국인들은 이미 우리들의 신뢰를 잃었습니다. 우리의 공공의 삶에서 그들을 위한 안전한 공간은 없습니다.

오늘날 우리의 비극은 우리의 삶을 둘러싸고 있는 공포 분위기입니다. 공포는 탄압을 가져옵니다. 반공이라는 애국적 미명하에 우리의 기본권과 사상의 자유를 위협하는 일들이 너무 많습니다.

나 자신의 경험에 비추어 보건대, 정치적으로 이용하기 위하여 다른 사람을 공산주의자라고 부를 필요는 없습니다. 예부터 내려오는 불완전한 통치술을 실행하는 사람들은 항상 비판자들이 실탄으로 사용하기에 충분한 만큼의 실수들을 합니다. 그러므로 독가스까지 준비

할 필요는 없습니다…….

결론적으로, 우리 앞에 놓인 이 혼란스러운, 그러나 희망이 보이는 시대에 어떻게 우리의 애국심을 확인할 수 있는가를 여러분과 함께 생각해보고자 합니다.

그것은 항상 자신의 조국을 사랑하는 사람의 내부에 존재하는 미덕으로 여겨졌습니다. 그러나 오늘날 우리에게 그것은 미덕 이상의 어떤 것입니다. 그것은 필수불가결한 것이며 생존의 조건입니다. 어떤 미국인이 자신의 나라를 사랑한다고 말할 때 그가 의미하는 것은 그가 단지 뉴잉글랜드의 언덕들, 태양 아래에 반짝이는 초원, 넓게 물결치는 평원, 큰 산과 바다만을 사랑한다는 것이 아닙니다. 그가 사랑하는 것은 자유가 살아 있고 사람들이 자긍심을 가지고 살 수 있는 내재된 분위기, 내재된 빛이라는 의미입니다.

나라를 위해 자신의 삶을 바친 사람들은 애국심이란 어떤 것을 두려워하는 것이 아니라 그 어떤 것을 사랑하는 것이라는 사실을 알고 있습니다. 우리에게 애국심은 북한을 미워하는 것이 아닙니다. 그것은 우리 공화국에 대한 사랑이며, 이 공화국을 탄생시킨 이념임과 동시에 이 공화국이 지켜나가야 할 이념인 인간과 사상의 자유라는 이상을 사랑하는 것입니다.

이러한 넓고 건전한 의미의 애국심을 가져야만 우리는 우리가 가진 힘의 주인이 될 수 있으며 이 힘을 평화라는 고귀한 대의(大義)로 돌릴 수 있습니다. 우리는 군국주의가 없는 군사적 힘, 억압이 없는 정치적 힘, 그리고 강요나 자만심이 없는 도덕적 힘을 유지할 수 있습니다. 우리가 걷는 길은 멀어도 그 끝에 성스러운 평화의 축배가 놓여 있습니다. 그리고 평화의 골짜기에서 우리는 비옥하고 강한 새로운 세계의 희미한 윤곽을 봅니다. 풍요를 가져다 줄 열쇠의 하나가 파괴력과 함께 문명사회에 주어진 것은 좀 이상합니다. 그러나 악(惡)을 행할 수 있는 원자력은 선(善)을 위해 사용할 수 있는 힘의 지극히 일부를 보여줄 뿐입니다.

나는 오늘날 인류가 위대한 시대의 전야(前夜)에 있다고 믿습니다. 나는 그러한 시대가 그저 주어지는 선물이 아니라 우리가 쟁취해야 할 상품(賞品)이라고 생각합니다. 재향군인 여러분들은 전쟁의 기억에 의해 뭉쳐 있습니다. 따라서 어떤 다른 단체도 재향군인들만큼 평화를 위해 더 헌신적일 수 없습니다. 나는 이제 여러분에게 말씀드립니다. 우리에게는 해야 할 일이 있습니다. 국내외에서 우리의 길을 막고 있는 난관과 위험들은 이루 헤아릴 수 없을 정도입니다. 우리의 앞날에는 땀과 희생, 그리고 인내와 끈기가 필요합니다. 어쩌면 우리는 죽기 전에 목표가 달성되는 것을 보지 못할지도 모릅니다.

그러나 우리는 위대한 모험의 장정(長征)에 올랐습니다. 인류의 미래에 대한 우리의 신념을 선포합시다. 우리 자신과 전통에 충실하면서, 선의와 용기를 가지고 우리는 자유와 자유인의 기치를 높이 세웁시다. 그래서 이 세상 그 어떤 세력도 그것을 끌어내릴 수 없게 만듭시다. 우리는 위험이라는 쐐기풀로부터 안전이라는 꽃을 딸 수 있습니다. 인간으로서, 한국인으로서 살고 말하면서 우리는 행복하고 평화로운 세계로 이르는 길을 앞장서 인도할 수 있습니다.

21세기 현재에도 지구상에는 많은 사람들이 겨우 연명할 정도의 비참한 삶을 이어가고 있습니다. 그들에겐 국가로부터의 복지혜택은 상상할 수도 없습니다. 다행스럽게도 자유대한민국에 태어난 나는 풍요의 시대에 여러 가지 혜택을 받으며 살고 있습니다. 그러나 반세기 전만 하더라도 우리나라는 세계최빈국에 속해 있었습니다. 나는 어린 시절 할아버지로부터 망국의 아픔과 해방의 기쁨을 알게 되었습니다. 1940년대 초에 태어난 나는 운명적으로 6·25전쟁의 참상과 절대빈곤을 경험하게 되었고, 성장하면서 한강의 기적이라 불리우는 놀라운 발전을 목격하였습니다. 우리는 망국의 아픔, 광복의 환희, 전쟁의 비참함, 절대적 빈곤, 경이적인 경제발전의 과정을 겪고 마침내 자유평화복지의 시대에 살고 있습니다. 어려운 시대를 살았던 고령의 노인 세대는 현재에 누리고 있는 것의 소중함을 너무도 잘 알기 때문에 그것이 대대손손 이어지기를 간절히 소망합니다. 과거를 모르는 세대가 안일과 나태와 방종의 늪 속에서 어려운 시대가 남긴 역사적 교훈을 망각하거나 소홀히 여긴다면 국가는 쇠퇴의 길로 갈 수밖에 없습니다. 요즈음 우려되는 사건들이 빈번합니다. 전통적인 가치관인 충효사상, 근면·자조·협동 상부상조의 정신이 뿌리째 흔들리는 징후들이 종종 나타나고 있습니다. 대다수 국민들은 하루하루의 삶에 충실할 수밖에 없습니다. 역사의 고비마다 선각자와 지도자가 나라를 구하였습니다. 국가가 직면한 현실을 직시하고 이념대립과 산업화과정에서 생긴 수많은 문제점, 특히 잘못된 국가관, 극도의 이기주의 등을 해결하고 더욱 부강한 나라를 건설할 새로운 지도자를 고대합니다. 또한 공산주의와 북한의 현실을 잘 모르는 젊은 세대들이 북한동포들의 어려운 삶에 연민을 느끼는 것은 이해할 수 있지만, 힘이 뒷받침되지 않는 한 공산주의자들과의 약속은 허구일 뿐이라는 사실을 크게 깨달아야 합니다. 6·25전쟁은 물론 1953년 정전협정 이후 저들이 저지른 위반사례가 헤아릴 수 없을 만큼 많다는 사실이 이것을 잘 증명합니다. 그리고 지도자들은 조작·선동·음모 등 온갖 방법으로 국민을 오도하지 말아야 합니다. 국가위기의 본질은 거기에서 시작됩니다.

나는 무엇인가를 기록으로 남길 만한 사람이 못됩니다. 더구나, 이 기록을 아무도 읽지 않을지도 모릅니다. 다만 어려운 시대를 살면서 경험했던 사실들을 나의 손자 손녀들만이라도 읽었으면 하는 마음입니다. 비록 의미 없는 작은 책일지라도 많은 사람들의 도움이 있었습니다. 오랜 인연을 소중히 여긴 친구, 제자들이 흔쾌히 원고를 보내주셨고, 특히 나의 어리석음을 탓하지 않고 시종 변함없이 격려해준 최박광 친구의 우정, 옥고와 더불어 물심양면으로 도와주신 동서문화사 고정일 선생님의 응원에 용기를 얻어 출판이 가능했습니다.

거듭거듭 감사드리고 자유대한민국의 많은 젊은이들이 온갖 난제를 극복하고 풍요로운 복지국가로 발전한 조국을 자랑스럽게 생각하는 노인세대의 우국충정을 이해하고, 역경을 성공의 동력으로 승화시킨 선배들의 삶에 용기백배하여 더욱 부강한 통일 자유대한민국을 건설해 줄 것을 기대합니다.

1950년 6·25전쟁의 참상은 어떠한 말과 글로도 충분한 설명이 불가능한 수 백만의 사상자를 가져온 비극입니다.

그것은 동화 속의 이야기가 아니라 그 시기를 체험한 사람들이 살고 있는 현실입니다. 굶주림, 가난이 죽음보다 무서웠던 시절이 먼 옛이야기가 아닌 반세기 전 대한민국의 이야기입니다. 현재 세계 최빈국의 현실이기도 합니다.

자유대한민국은 전쟁의 잿더미 위에서 세계 10위권의 경제대국으로 발전하였고, 거의 전세계 국가들과 교역을 하고 올림픽도 개최하였습니다. 그렇기 때문에 넘치는 자유와 풍요가 방종과 나태와 극도의 이기주의(개인, 집단, 지역, 계층), 무관심주의로 변질되어서는 안 됩니다. 이것이 국가가 쇠퇴해 가는 길이기 때문입니다.

찬란한 조국, 풍요로운 조국, 통일조국은 젊은이의 몫이며 사명입니다. 새마을 정신과 국민교육헌장에 담긴 정신은 버려야 할 유산이 아니고, 본받아야 할 정신적 자산입니다.

1. 우리는 6·25전쟁의 참상과 교훈을 오래도록 기억해야 한다

모름지기 전쟁 그 자체는 인간이 만든 모든 유·무형의 유산을 일순간에 파괴할 뿐만 아니라 어떠한 말과 글로써도 충분히 설명할 수 없는 비극입니다. 1950년 6월 25일 자유대한민국에서 발발한 6·25전쟁도 예외는 아니었습니다.

도로를 가득 메운 끝모를 피란민의 행렬, 하루하루를 몸서리치는 전쟁의 공포 속에서 지내야만 했던 무고한 수많은 민초들, 한 끼니도 해결하기 위하여 도시에선 미군부대에서 나온 음식찌꺼기로 끓여 만든 꿀꿀이죽(UN탕)도 게눈 감추듯 먹어야 했고, 시골에선 나물죽 송기죽 칡뿌리 등 초근목피로 연명해야 했습니다. 나는 1941년에 태어나 일본 통치에서 광복을 맞이하였고, 6·25전쟁 발발시 10세였던 나는 할아버지와 함께 걸어서 낙동강을 건너 대구까지 피란을 했습니다. 3년여 동안 계속된 6·25전쟁은 수많은 사상자, 피란민, 이산가족을 만들고 국토를 황폐화시켰습니다. 이제 전쟁을 직접 체험한 세대는 거의 사라지고 표현할 수 없을 정도의 참상은 아무도 들으려 하지 않고 말하지 않는 역사 속 사실로 너무도 쉽게 잊히고 있는 안타까운 현실입니다. 그러나 그 여진은 아직도 계속되고 있으며 빈곤과 전쟁이 남긴 역사 속 교훈을 잊지 않으면 우리 국민은 번영을 보다 오래 누릴 수 있을 것입니다. 1953년 정전협정 이후 남과 북은 휴전선을 경계로 첨예하게 대치한 상태로 오늘에 이르고 있습니다. 남북 간의 정전협정 위반사례가 수없이 발생했습니다. 1968년 청와대 습격사건, 울진·삼척 공비 침투사건, 1976년 판문점 도끼만행사건, 1983년 아웅산 테러사건, 1987년 KAL기 폭파사건, 2010년 연평도 포격사건, 천안함 폭침사건 등은 널리 알려진 역사 속 사건입니다. 우리는 늘 도발의 피해를 당해 왔습니다. 전쟁을 체험하지 못한 세대는 이 점을 명심해야 합니다. 나라가 힘이 없었기 때문에 우리는 일제의 통치를 받아야 했고, 6·25전쟁을 겪어야 했습니다. 국가 간의 평화가 평화협정과 같은 약속에 의해 장기적으로 유지된 적은 없었습니다. 국가가 힘이 있고 국민이 단결되었을 때에만 평화가 유지되었다는 것은 동서고금의 역사에서 알 수 있는 불변의 교훈입니다.

2. 국난이 있을 때 언제나 무명의 수많은 애국자들 희생이 있었다

남과 북이 대치하고 있는 지금 입만 열면 자유·평화·인권·복지만을 부르짖는 사람들이 많이 있습니다. 그들은 그 모든 것을 한순간에 빼앗아 가는 전쟁의 참화와 안보의 중요성을 알고 있을까요? 만약 모르

서울에 최초로 진입한 북한군 제3사단 9연대(1950. 6. 28 오전)

고 있다면 대단히 안타까운 일입니다. 보통 사람들도 알고 있는 사실
을 이 시대를 이끄는 지도자들이 모르고 있거나 알고도 모른 체 침
묵한다면 죄악입니다. 21세기에도 나라가 없는 불쌍한 난민들은 목숨
의 위협을 받거나 개, 돼지 취급을 당하며 이웃나라로 망명길에 오르
고 있습니다. 가난한 나라의 국민도 외국에 가면 천시를 받으며 어렵
게 사는 현실입니다. 우리나라도 겨우 반세기 전만 하더라도 외국여
행은 꿈도 꾸지 못했고, 선택받은 소수의 사람들도 외국에 나가면 일
본에서 왔다고 이야기할 정도로 대한민국은 가난한 나라였으며, 많은
국민들은 자부심이 없었습니다. 대한민국의 고난극복과 발전을 지켜
본 노인세대는 자유를 만끽하며 망국의 아픔도, 전쟁의 비참함도, 지

독한 배고픔의 설움도 전혀 모르는 세대에게 교육을 통하여 전쟁과 굶주림의 의미를 알려줄 의무가 있습니다. 실제 체험한 사람처럼 절실하게 느낄 수는 없지만 글과 대화를 통하여서라도 알 수 있게 해야 합니다. 역사적으로 우리나라는 많은 외침(거란 몽골 왜란 호란 등)이 있었습니다. 임진왜란 때 이순신 장군이 백의종군하여 나라를 구하는 데 앞장섰지만, 수많은 의병과 승병들이 나라를 위하여 싸웠고, 가까이는 1950년 6·25전쟁이 발발했을 때 우리나라는 물론 UN참전국의 젊은 병사들이 이름 모를 산과 들에서 목숨을 잃었습니다.

나는 젊은 세대에게 수많은 보통 사람들의 애국심과 희생을 알려주고 싶습니다. 그것이 귀감이 되어 어려움에 직면하고 있는 조국의 현실을 직시할 수 있기를 소망합니다.

3. 오늘날 우리가 누리는 자유와 풍요는 지도자의 선견지명과 용기 그리고 수많은 사람들의 희생으로 이루어졌다

6·25전쟁 이후 나는 지독하게 가난한 시절을 보내야 했습니다. 1950년대 우리의 국력은 큰 공장 하나도 제대로 건설할 수 없었습니다. 국민소득 70달러 이하의 가난한 나라였기 때문입니다. 1960년대에 비로소 대한민국은 농업국가에서 공업국가로 서서히 변화하기 시작했습니다. 1960년 수출 3천여 만 달러의 나라가 "수출만이 살 길이다", "싸우면서 건설하자", "우리도 한번 잘살아 보세"라는 구호 아래에 수출입국의 목표를 세우고 힘찬 발걸음을 시작하였습니다. 1964년 처음으로 수출 1억 달러를 달성하자 정부는 1964년 11월 30일을 국가

기념일인 "수출의 날"로
정하고 매년 수출에 기
여한 기업인들을 격려하
고 축하하며 새로운 도
약을 다짐하였습니다.
1977년 수출 100억 달
러, 1981년 수출 200억
달러를 달성하고, 1987
년 '수출의 날'이 '무역의
날'로 명칭이 바뀌어 현
재에 이르고 있습니다.
1960년 3,128만 달러를
수출하던 국가가 2010
년 4,660억 달러를 수

피란민들 속 전장으로 향하는 국군

출하여 반세기 만에 14,200%의 증가율을 달성하였습니다. 소량의 농
수산물, 가발, 합판으로 시작한 수출상품이 반도체, 조선, 철강, 자동
차, 통신기기, 각종 전기·전자제품 그리고 건설기술 수출 등으로 다양
화되었습니다. 반세기만에 이룩한 14,000배 이상의 수출 증가율은 역
사상 전무후무한 기적이라고 해도 지나치지 않을 것입니다. 우리나라
공업화와 근대화의 초기에 가장 커다란 기여를 한 것은 대일청구권
자금, 서독에 파견된 광부와 간호사, 베트남전 파병, 중동지역 건설 호
황 등이었습니다. 1965년 6월 22일 한일기본조약의 체결과 함께 무상
3억 달러, 정부차관 2억 달러, 민간차관 1억 달러의 대일청구권 자금

을 받아 한 푼의 낭비도 없이 제철소 건설 등 국가발전 정책의 재원으로 사용하였습니다. 1963년부터 1976년까지 1만 371명의 간호사가 고국을 떠나 서독이라는 먼 타향에서 서독인들이 기피하는 시체 닦는 일 등을 하며 모은 돈을 고국으로 송금하였습니다. 일류 명문대학을 졸업하고서도 서독의 위험한 지하 1천 미터 탄광에서 일하는 것을 행운으로 생각하였습니다. 1964년 전세기도 없어서 서독정부가 제공한 비행기를 일반인들과 함께 타고 국빈으로 방문한 박정희 대통령 내외분은 광부와 간호사들에게 눈물 흘리며 '우리 후손들에게는 절대로 가난을 물려주지 말자'고 다짐했습니다. 이분들의 피와 땀으로 얻은 외화는 오늘의 대한민국을 만든 산업자본이 되었습니다. 1960년부터 1975년 4월 30일까지 계속된 베트남전쟁에 한국은 미국 다음으로 많은 병력을 파병하였습니다. 맹호부대·백마부대 등 30만 명이 넘는 용사들이 베트남에 파병되어 싸웠고, 1만 600여 명의 사상자가 발생하였으며, 아직도 생존한 참전군인 중에 고엽제 피해 등의 후유증에 시달리고 있는 사람이 있습니다. 파병의 효과는 우리 경제에 놀랄 만한 영향을 끼쳤습니다. 베트남으로 파병된 장병이 국내로 직접 송금한 봉급도 당시에는 큰 액수였지만, 미국의 경제원조, 베트남과 미국으로의 수출증가 등 참전으로 인한 직·간접 경제 이득이 50억 달러 이상이라고 합니다. 이렇게 힘들게 벌어들인 자금으로 우리나라는 경부고속도로, 댐, 발전소, 제철공장 등 단군 이래 사상 최대 규모의 사회간접자본 시설을 건설하는 한편, 기술전문학교를 세워 수많은 기능공을 대대적으로 양성해 경제건설의 역군이 되도록 하였습니다. 포항종합제철소의 건설은 그 자체가 신화라고 할 수 있습니다. 그 당

제1회 수출의 날 기념식　1964년 처음으로 수출 1억 달러를 달성하자 정부는 매년 11월 30일을 국가기념일인 '수출의 날'로 정해 수출에 기여한 기업인들을 격려했다.

시의 전문가 모두가 성공에 매우 회의적이었음에도 지도자의 선견지명과 집념, 그리고 건설에 참여한 근로자들의 피와 땀으로 걸작을 만들어 냈습니다. 1968년 창립된 포항종합제철은 1970년에 공장건설에 착공하여 1차로 1973년 연간 103만 톤의 생산능력을 갖추었고, 1987년에는 광양제철소를 건설하였습니다. 포스코는 조강생산능력 3,990만 톤의 세계 5위(2019)의 제철소가 되었습니다. 포항종합제철의 성공은 한국의 산업혁명과 경제대국으로 발전하는 데 초석이 되었다고 해도 과언이 아닙니다. 조선, 자동차, 방위산업은 물론이고 대규모 공장, 고층 아파트, 고층 빌딩은 물론 개인주택 건설에까지 포항제철의 효과가 파급되었습니다. 또한 석유화학공장의 건설로 우리의 생활이 편리해지고, 수준이 높아졌으며, 고속도로, 고속전철, 지하철, 전국도로의 완전한 포장으로 온 나라가 하루 생활권이 되었습니다. 이러한 경제 발전의 과정에서 우리 국민들이 기억해야 할 교훈이 있습니다. 국가 산업의 근간이 된 포항종합제철이나 물류혁명을 가져온 경부고속도로를 건설할 때 엄청난 반대와 비판이 있었습니다. 수많은 난관을 극복할 수 있었던 것은 지도자의 선견지명과 신념, 불굴의 용기에 더하여 수많은 근로자의 헌신과 희생이 있었던 덕분이었습니다. 이 모든 것이 합쳐져 오늘의 풍요로움이 있게 된 것입니다. 경부고속도로 추풍령 휴게소에는 고속도로 건설현장에서 순직한 근로자들의 이름을 새긴 추모비가 있습니다. 진실로 대한민국은 세계인들이 놀랄 만한 기적을 반세기만에 이룩하였습니다. 돌이켜보면 민족자본이 거의 없던 시절 대일청구권 자금이 종잣돈이 되었고, 서독으로 파견된 광부와 간호사의 임금이 근대화의 불길에 불을 붙였으며, 베트남전 파병과 중동건설 호황이 근대화의 불길을 활활 태웠으며, 포항제철의 건설로 산업혁명을 이룩하여 동방의 이름 없는 작은 나라가 최빈국에서 세계 10위권의 경제대국이 되었습니다. 1988년 마침내 세계인의 평화축제인 올림픽, 2002년 월드컵, 2018년 평창 동계올림픽 개최에 성공함으로써 국격을 높이고, 원조를 받던 국가에서 인류의 공존·공영에 이바지하는 국가로 발전하였고, 많은 한국인들이 해외에서 예술인, 체육인, 종교인, 기업가로서 각자의 재능 기부와 봉사를 통하여 국위를 선양하고 있습니다. 세계 곳곳을 여행하며 견문을 넓히고 세계 어디를 가든지 대한민국 국민임을 자랑스러워합니다.

포항종합제철소 1기 착공식(1970년 4월 1일)　박태준 포항종합제철소 사장·박정희 대통령·김학렬 부총리가 착공 버튼을 누르고 있다. 포항종합제철의 성공은 한국의 산업혁명과 경제대국으로 발전하는 데 초석이 되었다.

4. 아름다운 금수강산은 하루아침에 만들어진 것이 아니다

　　1960년대까지도 5월이면 '보릿고개'라고 하는 끼니를 잇기 어려운 시기를 보내야 했습니다. 1970년대가 되어서야 종자개량, 간척사업, 영농 기계화, 식생활 문화 개선 등을 복합적으로 추진하여 식량의 자급자족이 달성되고 농촌의 지붕개량, 아궁이 개량, 그리고 도시와 농촌을 막론하고 땔감(주로 나무, 짚)에 의한 취사가 석탄, 가스, 전기 등으로 개선되면서 전국의 모든 산은 울창한 숲으로 바뀌고 치산치수가 이루어져 언제나 아름다운 산과 강을 찾을 수 있게 되었습니다. 아파트 숲에서 가스나 전기로 난방과 취사가 이루어지는 현대를 살아가는 사람들은 이미 사라져 역사적 유물이 된 초가집이나 아궁이가 생소한 단어일 것입니다. 그러나 겨우 4~50년 전만 하더라도 취사와 난방은 나무나 짚과 같은 땔감에 의존했습니다. 만약 전기와 가스공급에 문제가 생기면 다시 옛날 방식으로 돌아가야 하기 때문에 옛 시대를 아는 노인세대는 그것을 안타까워하고 두려워합니다.

5. 더욱 부강하고 행복한 나라를 만듦은 우리 젊은이들의 몫이다

안보는 국가가 추구해야 하는 최고의 가치입니다. 만일 안보가 무너지고 전쟁이 발발한다면 우리가 누리고 있는 모든 것들(자유, 인권, 풍요 등)은 한순간에 사라집니다. 우리는 전쟁 발발의 0.01%의 가능성에도 대비해야 합니다. 우리의 안보는 강력한 국방력, 동맹 강화, 국민의 투철한 안보의식과 단결이 절대적입니다. 일제강점기 식민통치, 6·25전쟁, 공산당의 주민통제와 상호감시, 가난, 질병을 경험한 노인세대는 진정으로 자유, 평화, 풍요, 복지의 소중함을 알기 때문에 안보문제를 심히 염려합니다. 우리는 지난 세월 지도자를 중심으로 온 국민이 합심하여 온갖 악조건 속에서 자유와 풍요의 국가를 건설하였습니다. 이제 복잡하고 다양한 사회의 여러 가지 갈등(이념·세대·지역·빈부·노사문제 등)을 해소하고 더욱 부강하고 행복한 나라를 건설할 젊고 새로운 지도자가 나타나기를 소원합니다. 필자의 글은 특별한 것이 아니고 해방 이후 시대를 살았던 국민이라면 대다수의 사람들이 경험하여 알고 있는 상식일 뿐입니다. 다만 우리가 태양이나 공기의 고마움을 의식하지 못하고 사는 것처럼, 넘치는 자유와 풍요 속에 묻혀 그 소중함을 느끼지 못하거나 망각하는 것은 아닐까 하는 우려에서 소중한 기록으로 남기고자 합니다.

그 첫 번째 기록으로서 우리 자유대한민국의 성립과 발전에 큰 공을 세우신 두 거인—이승만 대통령과 박정희 대통령—에 대한 이야기를 꺼내고자 합니다.

1965년 7월 19일 하와이의 한 노인요양원에서 나이 90의 한국인 병자가 숨을 거두었습니다. 한 전기작가는 영결식의 한 장면을 이렇게 전했습니다.

한 미국인 친구가 울부짖었다. "내가 너를 알아! 내가 너를 알아! 네가 얼마나 조국을 사랑하는지… 그것 때문에 네가 얼마나 고생을 해왔는지, 바로 그 애국심 때문에 네가 그토록 비난받고 살아온 것을 내가 알아…"

이것은 대한민국 건국 대통령 이승만 박사의 영결식 때의 한 장면을 소개한 조선일보의 칼럼입니다. 한 영웅의 쓸쓸한 임종 모습이 읽는 이의 마음을 아프게 합니다.

1875년 3월 26일 황해도 평산에서 태어난 이승만은 1895년 배제학당에 들어갔고, 1896년 서재필의 영향을 받아 「독립협회」에 가입하여 개화운동에 앞장섰습니다. 1898년 독립협회 회원들과 함께 시위운동을 하던 그는 정부타도를 획책했다는 혐의로 종신형을 선고받았습니다. 1904년 민영환의 주선으로 석방되어 일본의 제국주의 야욕으로 붕괴되어 가는 조국을 구하기 위하여 미국행을 결심했고, 나이 서른에 6년 동안 조지워싱턴대학, 하버드대학, 프린스턴대학 등을 다니며 학업에 몰두했다고 합니다. 35세 때에 프린스턴대학에서 철학박사 학위를 받고, 잠시 고국으로 돌아오기도 했으나 다시 미국으로, 상해로 전전하면서 독립운동을 하였습니다. 1945년 10월, 33년 만에 조국 땅을 밟았고 자유대한민국을 세우는 데 갖은 노력을 다 했습니다.

6·25전쟁은 중공과 소련의 지원을 받은 북한 공산군의 기습남침 사건으로 400만 명 이상의 사상자와 수많은 이산가족을 만든 민족의 비극입니다.

전쟁발발 불과 한 달 여 만에 전선이 낙동강까지 밀리고 경상남북도를 제외한 전 국토가 공산군에게 점령당하였습니다. 한국은 전쟁을 수행할 능력이 없는 가난하고 힘없는 국가였습니다. UN군의 참전과 1950년 9월 15일 맥아더 장군의 그 유명한 인천상륙작전의 성공으로 전세를 역전시켜 잠시 압록강까지 진격하였으나 중공군의 개입으로 다시 후퇴할 수밖에 없었습니다. 국내사정으로 종전을 서둘러야만 했던 미국은 공산군 측과 정전회담을 진행하였습니다. 회담의 진척이 가시화되자 한국 곳곳에서는 정전반대 궐기대회가 가열되었습니다.

이승만 대통령은 협상단에서 한국대표를 철수시키고 1953년 6월 18일 남한에 수용 중인 북한 및 남한 출신의 반공포로(약 3만 6천 명)를 석방시켰습니다. 반공포로 석방은 미·소 두 나라 모두 반대했음에도 이승만 대통령이 독자적으로 결정한 세계인들이 놀랄 만한 사건입니다.

4·19혁명으로 1960년 4월 26일 "국민이 원한다면 대통령직을 사임한

다."라고 말하고 하와이로 망명하여 생을 마쳤습니다. 이승만 박사는 세계지도상으로 보면 지구상에 어디에 있는지도 잘 모르는 가난한 작은 나라 자유대한민국의 6·25전쟁에 오직 시대정신인 자유·평화·민주·인권의 명분으로 미국인의 정의감에 호소하여 세계최강의 미군이 주축이 된 UN군을 참전시켜 조국을 구

이승만(1875~1965)

한 탁월한 지도자였습니다. 후인들이 그분의 잘잘못을 말할 수 있지만 자유대한민국을 세우는 데 갖은 노력을 다 했고 전쟁을 승리로 이끈 것은 당신의 선견지명과 통찰력 덕분이었습니다. 아직도 당신의 공로를 외면하고 왜곡하며 과오만 파헤치는 일들이 일어나 안타깝지만 대한민국이 계속되는 한 당신의 공로는 영원히 기억될 것입니다.

박정희 대통령은 1917년 경북 선산군 구미면에서 출생하였습니다. 1937년 대구사범졸업을 졸업하고 나서 잠시 문경보통학교 교사로 재직하였으나, 1942년 만주군관학교를 졸업한 뒤 1944년 일본육사에 편

입, 졸업하였으며, 1946년 조선경비사관학교를 졸업하고 이후 대위로 임관하여 1961년까지 군에 근무하였습니다. 1961년 5월 16일 박정희 장군은 군사혁명을 단행했고, 이듬해 1962년부터 경제개발계획에 착수하였습니다. 당시 한국의 경제여건을 보면 세계 125개 국가 중에서 국토면적은 약 10만km^2(남한) 인구 수는 약 2,500만으로 27위, 인구밀도 3위, 1인당 국민소득 83달러로 98위의 후진국이었습니다. 전통적인 농업국가이면서도 1년에 200~300만 톤의 농산물을 수입해야만 했습니다. 박정희 대통령은 통산 18년 동안 통치하다가 1979년 10월 26일 서거하였습니다. 재임 18년 동안 대한민국은 세계인들이 놀랄 만한 기적을 이룩하였습니다. 세계인들이 이름하여 '한강의 기적'이라 일컬었습니다. 1968년 「국민교육헌장」을 반포하여 바람직한 한국인상을 제시하였고, 1970년부터 본격적으로 근면·자조·협동정신을 함양하기 위한 새마을 운동을 줄기차게 전개하였습니다. '잘 살아보세 잘 살아보세 우리도 한번 잘 살아보세, 서로서로 도와서 땀 흘려서 일하고 소득증대 힘써서 부자마을 만드세, 살기 좋은 내 마을 우리 힘으로 만드세'라는 새마을 노래는 전국 방방곡곡에 울려 퍼지고 한국의 농촌은 빠르게 변화하였습니다. 초가집·우물·아궁이가 사라지고 전기가 들어왔으며 민둥산은 울창한 숲으로 바뀌고 기계영농·과학영농이 이루어지기 시작하였습니다. 박정희 대통령은 수출입국의 목표를 세우고 매월 수출진흥확대회의를 주재하여 수출목표를 확인하고 독려하여 1962년 약 5,000만 달러에 불과했으나 1977년에는 100억 달러를 달성하였으니 이것은 세계에서 가장 빠른 성장이었습니다. 재임 18년 동안 싸우면서 건설하고 중단 없이 전진했습니다. 이제 대한민국은 식량부족국가에서 잉여국가로, 농업국가에서 첨단산업국가로 변하였습니다. 나는 시골집에 처음 전기가 들어올 때의 기쁨을 아직도 기억하고 있습니다. 나는 젊은 세대에게 묻고 싶습니다. '아아 잊으랴! 어찌 우리 이 날을…' 이라는 6·25의 노래의 가사처럼 전쟁의 참상과, 힘 있는 자만이 평화를 누릴 수 있다는 사실을 기억하고 있는지? 굶주림

박정희(1917~1979)

만 해결된다면 무엇이든 할 수 있다는 절대빈곤을 알고 있는지? 그리고 쌀밥·고깃국·새옷·새신발 생각으로 명절을 기다려 본 적은 있는지? 전기가 없는 시대를 상상해 본 적은 있는지? 한 번쯤 스스로에게 냉정하게 물어 보시기 바랍니다.

이재열 서울대학교 사회학과 교수는 오늘의 우리 사회의 특징을 불신·불만·불안의 3불(不)사회로 정의하였습니다. 우리나라는 현재 수많은 갈등에 직면하고 있습니다. 이러한 갈등은 저주와 분노와 혐오

스런 말들로 더욱 거칠게 표현되어 갈등을 더욱 증폭시키는 안타까운 결과를 초래하기도 합니다. 갈등이 없는 사회나 국가는 없으나 이러한 갈등을 원만히 조정하거나 해결하려는 노력보다는 혼란을 지속시켜 갈등이 더욱 커지는 것이 문제입니다. 남북 간 이념갈등, 산업화 과정 속에서 형성된 노사갈등, 빈부갈등, 정치사회적 문제로 인한 지역갈등, 세대 간·계층 간의 갈등 등, 이러한 갈등은 해결해야 할 난제 중의 난제입니다. 복잡하고 다양한 우리 사회에는 갈등을 조장하고 이용하려는 불순한 세력과 조직의 존재가 의심됩니다. 극도의 개인주의, 집단 이기주의는 미풍양속을 파괴하고 애국 애족의 건강한 국가 발전의 동력을 약화시킬 뿐만 아니라, 온갖 시련을 극복하고 성취한 고귀한 가치인 자유·평화·풍요·안정을 해쳐 마침내 자유대한민국의 국운이 여기까지인가 하는 의구심마저 갖게 합니다.

　자유대한민국 역사에 큰 발자취를 남긴 두 거인의 공통점은 보통 사람들과는 다른 선견지명·통찰력·용기가 있었습니다. 이승만 대통령은 국운쇠퇴기에 태어나 망국을 목격하였고, 힘없는 나라 잃은 한 백성으로서 제2차 세계대전이 연합국의 승리로 끝나자 오직 시대정신에 호소하여 천신만고 끝에 마침내 독립을 쟁취하여 자유대한민국을 세웠으며 6·25전쟁에 대의명분만으로 미군을 비롯 16개국 유엔군을 참전시켜 조국을 구하고, 용기와 신념으로 반공포로를 석방하여 세계인을 놀라게 하였습니다.
　박정희 대통령은 온갖 비난과 반대를 무릅쓰고 빈 손에서 산업의 혁명을 달성하여 빈곤을 극복하고 경제부국을 건설함으로써 민주주의를 꽃 피울 수 있는 토양을 마련하였습니다. 한 마디로 민족중흥의 역사적 사명을 다 하셨습니다. "내 일생 조국과 민족을 위하여" "우리도 한번 잘 살아보세" 라는 말씀에 그분의 구국의 정신과 철학이 함축되어 있습니다. 자유대한민국이 존재하는 한 두 거인의 공로는 영원히 기억될 것입니다. 필자는 어찌 감히……라는 생각으로 수차례의 망설임 끝에 많은 노인이 그러하듯 참상과 빈곤의 아픔이 풍요와 안락 속에 너무도 쉽게 잊히고 있음이 안타까워 이 글을 썼습니다. 나는 두 거인이 자유대한민국을 세우고 반만년의 가난을 해결하였던 것처럼 미래의 주인공인 젊은이들 중에 현실을 직시하며 모든 난제를 극복하고 더욱 부강한 자유대한민국을 건설할 새로운 지도자가 나타나기를 간절히 소망합니다.

북한 위협의 실체와 자유대한민국의 안보의식
신범철

I. 들어가며

김정은이 등장한 지도 어느덧 10년 차다. 끊임없는 숙청을 통해 자신의 체제를 굳건히 지켜온 김정은은 현재 명실상부한 북한의 최고지도자로서 자리매김하고 있다. 하지만 지난 4월과 5월 김정은의 연이은 잠행과 건강 상황에 대한 논란에서 보듯 북한은 언제고 불안정 상황이 발생할 수 있는 취약한 구조를 지니고 있다. 북한의 내적 취약성은 두 가지 측면에서 한국 안보에 부정적 영향을 미치고 있다. 하나는 내적 취약성을 만회하기 위해 핵무기에 집착하는 모습을 보이면서 군사적 위협이 커지는 것이다. 다른 하나는 북한의 취약성으로 인해 한국 사회 내에서 북한의 위협을 경시하는 풍조가 생기고 있다. 그 결과 북한의 핵 위협이 심각해지고 있는 상황인데, 우리 국민들은 이를 제대로 인식하지 못하고 있다.

북한에 대한 경계심은 문재인 정부 들어 급격히 약화되고 있다. 2018년에 있었던 세 차례의 남북정상회담으로 북한과 김정은의 이미지가 개선된 결과로 볼 수 있다. 북한을 위협으로 보는 국민이 줄어들고 있다. 한 나라의 안보는 그 나라의 경제력이나 군사력과 직결된 문제이기도 하지만, 국민의 안보의식 또한 중요한 요소가 아닐 수 없다.

이스라엘이 외부의 위협에도 굳건히 존재하는 것은 이스라엘 국민의 굳건한 안보의식 덕분으로 평가된다. 마찬가지로 우리의 국력이 북한에 비해 아무리 우위에 있다 해도 국민의 안보의식이 약화되고 있다면 사상누각沙上樓閣과 다를 바가 없을 것이다.

이 글에서는 변화하고 있는 한반도 정세 속에서 북한 위협의 실체를 진단해 보고 올바른 대북 위협인식 방향을 제시해보고자 한다. 먼저 김정은 체제의 본질과 위협을 살펴보고 변화하고 있는 우리 국민의 안보인식을 진단해 본 후, 올바른 안보관에 대해 언급하기로 한다.

II. 김정은 집권 이후 북한의 행보와 군사적 위협

숙청을 통한 권력 장악

2011년 12월 19일 북한 김정일 사망 공식 발표 당시만 해도 후계자 김정은의 앞날은 불확실해 보였다. 그러나 김정일 장례 차량을 수행하던 어두운 표정의 김정은은 수차례의 정치적 숙청을 단행하며 홀로서기에 성공했고, 2017년 11월 30일에는 핵보유국임을 공식 천명했다. 나아가 2018년 신년사를 통해서는 그간 떠받들던 '김일성 김정일주의' 표현을 생략했고 '김일성 김정은 배지'가 없는 양복 차림의 복장으로 육성연설을 했다. 그간의 핵무력 강화에 고무되었는지 아버지와 할아버지를 넘어서려는 모습을 보인 것이다. 이후 세 차례의 남북정상회담을 개최하며 변화하는 듯한 모습을 보였지만 이후 별다른 변화 없이 핵능력만을 증강시켰다. 특히 금년 들어서는 대미 정면돌파전을 주장하며 강경노선을 전개하고 있다.

김정은은 2008년 김정일의 뇌졸중 전후로 후계자로 낙점된 것으로 전해지기에 실질적인 후계 수업은 길어야 4~5년 남짓이었고, 공식적인 자리에 올라보지도 못한 채 권력을 이어받았다. 물론 2011년 12월 30일에 최고사령관 자리에 올라 선군정치의 체제로 운영되던 북한의 최고지도자가 되었지만, 한동안 그는 리영호 총참모부장, 김영춘 인민무력부장 등 원로 군인들과 고모부인 장성택에 둘러싸여 있었다.

하지만 김정은은 자신의 권력 기반을 신속히 강화해 나갔고 그 과정에는 처절한 피의 숙청이 따랐다. 자신의 승계를 군사적으로 후원한 리영호 총참모장의 제거가 그 첫걸음이었다. 김정일 집권기 후반에 총참모장으로 임명되며 김정은을 군사적으로 뒷받침하던 리영호는 김정은 집권 7개월 만인 2012년 7월 15일 정치국 회의에서 '김정은 노선에 반대했다'는 명분으로 숙청당한다. 이를 계기로 김정은 주위에 있던 김정일 시대의 원로 장성들은 하나씩 둘씩 사라지게 된다.

김정은 집권기 가장 주목할만한 숙청은 2013년 12월 12일에 이루어진다. 김정은의 정치적 후견인으로 불렸던 고모부 장성택을 '반당반혁명종파와 양봉음위'를 명분으로 처형한다. 비대해진 장성택의 권력에 부담을 느낀 김정은은 자신의 최측근이라 할 수 있는 인사들과 백두산 삼지연을 방문했고 장성택의 제거를 결심한 것으로 전해진다. 이때 동석했던 인사들은 황병서, 마원춘, 김원홍, 김양건, 한광상 등 총 8명이었는데, 이후 상당기간 김정은 주변의 권력핵심에 머물게 된다.

장성택 숙청으로 체제를 견고히 한 김정은은 이후에도 자신의 집권 기반 강화나 사회통제 차원에서 지속적으로 숙청을 단행한다. 2015년 3월에는 자신의 부인인 리설주 관련 추문을 덮기 위해 은하

화성 15형 시험발사 북한은 2017년 11월 29일, 신형 대륙간탄도미사일 화성 15형 발사에 성공했다고 발표하고 국가 핵무력을 완성했다고 주장했다. 그리고 이튿날 11월 30일 제7차 당대회에서 핵보유국임을 공식 천명했다.

수관현악단과 왕재산예술단원 9명을 처형한 것으로 전해지고, 같은 해 5월에는 현영철 인민무력부장을 김정은에 대한 불만 표출과 행사에서 졸았다는 이유로 제거했다. 그해가 끝나갈 무렵인 12월에는 대남담당업무를 맡았던 김양건이 교통사고라는 석연치 않은 이유로 사망하게 되는데, 김정은이 제거를 지시한 것은 아닌 것으로 보이지만 권력투쟁의 희생자가 되었을 개연성이 높다.

2017년에는 김정은에 장애가 되는 마지막 우려 대상을 제거한다. 2월 13일 김정일의 장남 김정남은 말레이시아 수도 쿠알라룸푸르 공항에서 북한 공작원에 포섭된 동남아 여성들에 의해 신경작용 화학물질인 VX에 노출되어 살해당한다. 백주대낮에 그것도 사람이 붐비는 국제공항에서 잔인한 살인행각을 벌인 것이다. 또한 하반기에는 김정은 시대 북한군의 충성을 결집해온 황병서 총정치국장과 김원홍 국가보위상 등이 강등 및 보직해임을 당하며 김정은 1기 체제를 형성해 온 핵심 세력들이 대부분 권력에서 사라지게 된다.

이 같은 숙청을 통해 김정은은 자신에게 충성하는 인사들만이 살아남게 된다는 공포 분위기를 조성하며, 주민들에게 체제에 충성할 것을 강요하고 있다. 동시에 자신의 측근들로 세대교체를 진행하면서 북한 고위공직자들의 평균 연령이 낮아지는 효과도 거두고 있다. 김정은은 체제 유지에 우호적인 대내 환경 조성에 성공한 것이다. 하지만 자신의 고모부와 배다른 형제마저 냉정하게 살해한 김정은의 잔인성은 언제든지 그 방향을 남쪽으로 향하게 할 수 있다는 교훈을 가져다준다. 우리의 시각에서 민족공멸의 전쟁은 상상도 할 수 없는 일이지만 김정은의 시각에서는 자신의 생존을 위해서는 선택 가능한 대안이 될 수 있기 때문이다.

정권 수호자로서의 핵무기

김정일 시대 북한 정권의 구호는 사회주의 강성대국 건설이었다. 소위 정치강국, 사상강국, 경제강국 건설을 목표로 주민들에 대한 동원을 본격 전개했다. 그러나 김정은 시대가 시작되며 강성대국 구호는 더 이상 들리지 않았다. 집권 초기 불안감에 휩싸여 거창한 구호를 들고 나오는 데 부담이 되었던 것으로 보인다. 하지만 최근 들어서는 핵실험과 미사일 실험의 성공은 김정은에게 상당한 자신감을 준 것으로 보이며, 자연스럽게 '사회주의 강국 건설'이 강조되고 있다.

김정은이 생각하는 자신의 최대 업적은 핵무력 완성이다. 아직까지도 북한은 대륙간탄도 미사일 재진입기술 확보 실패로 핵무력의 기술적 완성은 달성하지 못한 상황이다. 그럼에도 북한은 2017년 11월 28일 화성 15형 발사 이후 핵무력 완성을 선포하였다. 북한의 이런 설익은 주장의 배경에는 김정은 정권의 업적이라는 강박관념이 자리 잡고 있는 것으로 보인다.

암살된 김정남 자신의 체제유지를 위해 자신의 고모부와 배다른 형제마저 살해한 김정은의 잔인성은 언제든지 그 방향을 남쪽으로 향할 수 있다는 교훈을 가져다준다.

김정은은 2013년 3월 31일 노동당중앙위원회 전원회의에서 핵무력 건설과 경제건설을 동시에 추진한다는 병진노선을 제시한 바 있다. 병진노선은 김정은 시대의 구호인 '사회주의 강국 건설'의 핵심 관건이다. 핵과 경제를 동시에 발전시킨다는 이 병진 노선은 2018년 4월 27일 남북정상회담을 앞둔 4월 20일 경제집중 노선으로 새롭게 탄생되었다. 하지만 그 구체적인 내용을 보면 여전히 핵무력 완성을 전제로 하였기에 실질적으로는 여전히 핵무력과 경제건설을 함께 이루려는 모습으로 볼 수 있다.

핵무력은 김정은 정권의 정당성과 결합되어 양자간 떼려야 뗄 수 없는 관계로 굳어진 것으로 보인다. 핵을 포기하는 순간 당면할 체제 정당성의 명분이 사라질 우려가 있기 때문이다. 그 결과 김정은은 체제 생존이 불가능하다고 여길 정도의 압박이 아니면 핵무기를 보유하려 들 것이다. 불가피한 상황으로 비핵화 대화에 복귀한다 해도 일부의 핵무기는 보유하려는 입장을 전개할 가능성이 크다.

북한이 핵을 포기하지 않는다면 한국의 입장에서는 엄중한 위협에 직면할 수밖에 없다. 위협은 상대방의 위협하려는 의도와 위협을 가할 수 있는 역량의 합이라고 볼 수 있는데, 북한의 핵무기 사용 의도를 배제한다 해도 핵무기라는 능력이 존재하고 있기 때문이다. 현재 우리가 보유한 재래식 무기만으로는 억제할 수 없는 엄중한 위협에 처해 있는 것이다.

한국을 위협하는 북한의 핵능력

북한의 핵능력은 무기급 핵물질 보유, 핵탄두 제조 능력, 핵탄두 투발 능력이라는 세 가지 차원에서 살펴볼 수 있다. 이 세 가지는 서로 연계되어 있기에 어느 하나라도 결여된다면 핵무기 보유국으로서의 위상을 가질 수 없다. 문제는 북한이 이 세 가지 영역 모두에서 실질적인 역량을 갖추고 있다는 점이다.

무기급 핵물질 보유량은 핵폭탄을 만들어 낼 수 있는 핵물질의 보유량을 의미하기에 이러한 물질이 많으면 많을수록 더 많은 핵무기를 만들 수 있다. 일반적으로 무기급 핵물질은 플루토늄(Pu)과 고농축우라늄(HEU)으로 구성되는 데 북한의 경우 영변에서 5MW 원자로를 가동하며 플루토늄을 생산중이며 영변과 그 밖의 시설에서 고농축우

북한 6차 핵실험　북한 조선중앙TV는 2017년 9월 3일 '낮 12시 30분 풍계리 핵실험장에서 6차 핵실험 단행 후, 대륙간탄도로켓 장착용 수소탄 실험을 성공적으로 단행했다'고 발표했다.

라늄을 생산중이다.

현재 북한은 약 70kg 내외의 플루토늄과 약 500kg 내외의 농축우라늄을 보유한 것으로 추정된다. 5MW 원자로에서 2년에 한 번 재처리를 할 경우 12kg의 플루토늄 확보가 가능하며, 영변 우라늄 농축시설을 통해 연간 약 80kg의 농축우라늄 확보가 가능한 것으로 추정된다. 따라서 지금 이 순간에도 연간 6kg의 플루토늄과 80kg 정도의 농축우라늄이 축적되고 있다.

핵탄두를 만들 수 있는 핵연료가 플루토늄의 경우 2~6kg, 농축우라늄의 경우 15~25kg이라는 점을 고려할 때 북한은 현재 적어도 40

개 이상의 핵탄두를 만들 수 있는 핵연료를 보유하고 있고, 매년 4~8기의 핵탄두를 만들 수 있는 핵물질을 생산하고 있다고 볼 수 있다. 우리 대한민국을 초토화시키고도 남을 정도이다.

핵물질을 분열 또는 융합해서 핵폭탄을 만드는 핵탄두 제조 능력과 관련해서도 북한은 상당한 위협을 보여준 바 있다. 2017년 9월 3일, 6차 핵실험 단행 후 북한은 성공적으로 수소폭탄을 제작했다고 주장하고 있다. 1차 핵실험을 한지 10여 년이 지난 시간적 흐름과 북한 6차 핵실험의 폭발력 등을 고려할 때 북한이 핵탄두 제조 능력은 의심의 여지가 없다.

끝으로 핵무기 투발 수단과 관련해서 북한은 한국을 공격할 수 있는 다양한 수단을 갖추고 있다. 북한은 미국을 겨냥한 대륙간탄도미사일을 개발해 왔고, 2017년 11월 28일 발사한 화성 15형 미사일을 통해 적어도 비거리 만큼은 대륙간탄도미사일의 역량을 보여준 바 있다. 문제는 대기권 밖에서 대기권 안으로 들어올 때 발생하는 열과 충격을 차단하는 재진입 기술의 보유 여부인데 2017년의 실험에서는 재진입 기술이 완벽하지 못했던 것으로 전해지고 있고, 그 이후 이렇다할 정보가 없는 상황이다. 하지만 한국을 겨냥한 스커드나 노동미사일 그리고 2019년부터 본격 실험한 신형단거리미사일의 경우 소형 핵탄두를 탑재할 수 있고, 고도의 재진입 기술도 필요가 없다. 그 결과 한국에 대해서는 실질적으로 핵무기로 타격할 수 있는 투발 수단을 갖추고 있다고 보아야 할 것이다.

이상을 고려할 때 북한의 핵능력은 한국을 공격할 수준에 이미 도달해 있고, 날이 갈수록 증대되고 있다고 보아야 한다. 따라서 그에

6·15 남북공동선언 2000년 6월 13~15일 평양에서 김대중 대통령과 김정일 국방위원장 간에 이뤄진 제1차 남북정상회담에서 나온 선언문이다. 2000년대 북한의 핵개발이 끊임없이 지속되는 과정에서도 금강산 관광과 개성공단사업 등으로 남북관계가 개선되고 있다는 착시현상으로 북한의 위협에 무감각해지고 안보의식이 퇴색되어 갔음을 우리는 되새겨 봐야 한다.

대비하는 우리의 자세 역시 면밀한 주의가 필요하다. 위협의 규모를 낮추기 위한 대화는 대화대로 진행해야겠지만, 반드시 북한 비핵화를 추진해야 하고 군사적 차원에서도 대북 억제력 구축에 한치의 소홀함이 있어서는 안 된다.

III. 우리 안보의식의 현주소와 올바른 안보의식 제고 방향

우리 안보의식의 현 주소

안보의식이라 함은 외부의 위협이나 침략으로부터 국가와 국민의 안전을 지키려는 의식을 말한다. 대한민국의 가장 큰 위협은 북한의 군사적 위협이므로 우리의 안보의식을 평가함에 1차 대상은 북한이 아닐 수 없다. 전통적으로 냉전시기에는 반공교육이 철저히 이루어졌고 그렇기에 북한의 위협과 관련한 국민의식은 문제가 되지 않았다. 오히려 북한 위협에 대한 과대포장과 과잉반응을 보였던 시기가 존재했다. 하지만 1990년대 탈냉전이 이루어지면서 공산권에 대한 위협인식은 점차 사라지게 된다. 북한은 수많은 주민들이 희생된 '고난의 행군'을 통해 체제를 유지하며 핵개발을 지속했지만, 공산권의 몰락과 함께 북한의 위협에 대한 국민적 인식은 점차 무뎌져만 갔다.

이런 안보의식의 변화에 결정적인 영향을 미친 것은 2000년 6월 15일 김대중 대통령의 평양방문과 1차 남북정상회담이다. 북한의 군사적 위협 해소를 위해서는 대북 압박보다는 대화를 통해 북한을 설득해야 한다는 소위 '햇볕정책'을 전개한 김대중 정부는 6·15 남북정상회담을 이후 본격적으로 북한에 대한 인식 전환에 나선다. 정상회담 성과로 남북관계가 개선되었음을 홍보하며 북한과 김정일을 믿을 수 있는 대화의 파트너로 인식하도록 했다. 그 결과 한국 사회 내 북한의 이미지는 점차 개선되었다. 동시에 금강산 관광과 개성공단 사업이 시작되었고 많은 국민이 북한을 방문하게 된다. 그 결과 2000년대 북한의 핵개발이 끊임없이 지속되는 과정에서도 남북관계가 개선되고 있다는 착시현상이 존재하게 되었다. 북한의 위협에 무감각해지고, 나라를 지켜야 한다는 안보의식은 점차 퇴색된 것이다.

특히 2018년 세 차례나 개최된 남북정상회담은 국민의 안보의식에 큰 영향을 미친 것으로 보인다. KBS 남북교류협력단은 세 차례의 남

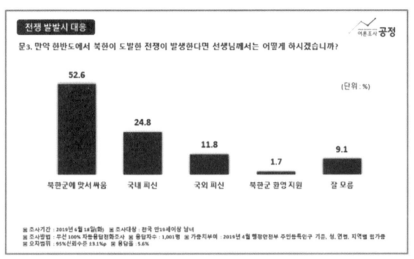

〈그림 1〉 자유민주연구원 여론조사 결과

북정상회담 이후 국민 통일의식 여론 조사 결과를 발표한 바 있다.[*1]

그 내용을 보면, 응답자의 20.6%가 북한 김정은 정권에 호감을 느낀다고 답한 것을 볼 수 있다. 이는 2017년 같은 조사에서 김정은 정권에 호감을 느꼈다는 답변이 1.8%에 불과했던 것과 비교하면 18.8% 포인트 증가한 수치다. 반면 '반감을 느낀다'는 응답은 35.4%로 2017년의 88.9%에 비해 크게 줄었다. 북한 핵문제는 해결되지 않은 상태 그대로 인데 정상회담 3차례 만으로 마치 평화가 온 것인양 착시현상을 느끼게 만든 것이다. 한반도 안보 상황에 불안을 느낀다는 답변도

＊1 동 여론조사와 관련하여 자세한 내용은 다음을 참조하기 바람. —KBS, "통일방송연구발간물", —http : //office.kbs.co.kr/tongil/archives/category/unification-broadcasting-publications/unity-consciousness-search 참조

2017년의 70.7%에서 53.3%로 크게 줄었고, 통일의 필요성에 대한 긍정적 인식도 2017년의 72.7%에서 66%로 줄어들었다. 전반적으로 북한 김정은 체제를 긍정적으로 인식하는 응답자들이 크게 늘게 된 것이다.

2019년 자유민주연구원의 의뢰로 행해진 한 여론조사에서는 한반도에서 북한이 도발한 전쟁이 발생한 경우에 북한군과 맞서 싸우겠다는 응답자는 겨우 52 %에 불과했다.[2] 나라가 외부로부터 침략을 받았는데도 이에 맞서 싸우겠다는 것은 두 명 중 한 명에 불과하다는 것은 그만큼 나라를 지키겠다는 안보의식이 약해진 것으로 볼 수 있다. 더욱 안타까운 것은 응답자 3명 중 한 명은 국내나 국외로 피신을 하겠다고 답을 한 것이다. 적이 침공을 했는데 몸을 피하겠다고 응답하는 사람들이 증가하는 모습에서 제대로 된 안보교육의 필요성을 느끼게 한다.

올바른 안보의식 제고 방향

그렇다면 올바른 안보의식을 갖게 하기 위해서는 어떤 노력이 필요한가. 사실 안보관이나 안보의식과 관련해서는 개개인의 정치적 성향에 따라 그 범주가 다르게 나타날 수 있기에 무엇이 정답이라고 말하기는 어렵지만, 그럼에도 불구하고 위협이 증가할 때 그것을 위협이라고 판단하고 그에 합당한 대비태세를 갖추어야 한다는 인식을 갖는 것은 합리적인 사고의 영역이라고 볼 수 있다. 따라서 올바른 안보

---

[2] 자유민주연구원, "6·25 관련 여론조사," (2019년 6월)—http : //www.kild.or.kr/bbs/board.php?bo_table=policy&wr_id=702 참조

의식을 갖도록 하기 위해서는 현존하는 위협을 과장해도 안되고, 그렇다고 해서 이를 무시해도 안 될 것이다. 이러한 의미에서 다음과 같은 인식이 우리 사회에 전반적으로 뿌리내릴 수 있도록 노력해야 한다.

먼저 북한 핵무기의 존재를 우리의 안보를 위협하는 것으로 인식해야 한다. 북한의 경제력이 약하다 해서 핵무

고고도미사일방어체계, 사드 북한에 핵무기가 존재하는 한 북한은 우리에게 실질적인 위협을 가할 수 있는 존재다. 이를 억제할 수 있는 힘은 한미동맹뿐이다. 북한이 핵무기를 포기할 때까지 튼튼한 한미동맹을 유지하는 것이 우리의 안보를 튼튼히 하는 일이다.

기가 작동을 멈추는 것은 아니다. 북한에 핵무기가 존재하는 한 북한은 우리에게 실질적인 위협을 가할 수 있는 존재다. 북핵을 실질적으로 억제할 수 있는 힘은 한미동맹뿐이기에 북한이 핵무기를 포기할 때까지는 튼튼한 한미동맹을 유지하는 것이 우리의 안보를 튼튼히 하는 일이다. 북한과의 대화는 필요하지만 실질적인 핵위협이 해소되는 방향으로 진행되어야지, 핵위협이 그대로인 상황에서 대화만 이어가는 것은 남북관계의 발전이 아니다. 이 정도의 인식은 정치적 성향을 떠나 대한민국의 국민이라면 충분히 공감할 수 있는 내용일 것

이다.

둘째, 북한이 핵무기를 사용할 수 없는 주변환경 조성의 필요성에 대한 인식 전환도 필요하다. 북한은 핵무기를 가지고 자신들의 이익을 극대화하고자 할 것이다. 소극적으로는 김정은 체제의 안정을 위해 핵무기를 보유하는 것일 수도 있지만, 적극적으로는 핵무기를 수단으로 한미동맹을 와해하고 한반도 적화를 추구할 수도 있다. 따라서 북한의 핵을 포기하게 만드는 노력이 필요하며 이를 위해 북한의 핵개발에 대한 유엔 제재를 지속 강화함으로써 북한에게 유리한 전략환경 조성을 예방해야 한다. 제재가 해제되는 순간 북한은 사실상 핵보유국 지위를 얻게 되기 때문이다. 북한 핵무기의 실전배치를 막지 못한 경우에도 북한을 핵보유국으로 인정하지 않고 지속적인 대북압박을 전개함으로써 북한의 목표 달성을 거부해야 한다. 이를 통해 북한에게 핵이냐 체제 생존이냐를 선택하도록 압박하는 것이 가장 효율적인 방법이다.

셋째, 북한의 증강된 핵위협을 강화된 확장억제를 통해 상쇄해 나가야 한다. 확장억제는 미국이 자국 보호 수준의 억제력을 동맹국에 확장해준다는 의미다. 이를 위해 미국은 동맹국에 대해 첨단 재래식 전력과 미사일 방어, 그리고 핵우산을 제공하고 있다. 한국 역시 미국의 확장억제 보호 대상이며, 한미동맹을 통해 튼튼한 대북억제력을 유지하고 있다. 북한에게 핵무기를 사용할 경우 더 강한 핵무기로 보복받게 된다는 부담을 갖도록 하기 위해서는 국민 모두 한미동맹의 중요성을 인식해야 한다.

넷째, 한반도 평화를 구축하기 위해 남북대화를 꾸준히 추진해야 하지만, 이와 무관하게 우리 군의 군사혁신을 통해 대북 억제력을 강화해야 한다. 현실적으로 핵전력을 상쇄할 수 있는 재래식 전력 구축은 불가능하지만, 북한에 치명적 피해를 야기함으로써 핵무기 사용을 억제하도록 만드는 한국형 첨단전력을 구축해야 한다. 이를 위해서는 우리가 북한에 비해 확실한 우위에 있는 경제력과 기술력을 고려할 때, 독자적으로 추진할 수 있는 대안이기도 하다. 정보화, 무인화를 방향으로 미래 첨단기술의 적용을 극대화해야 한다. 다량의 미사일 동시 발사를 위한 다수의 미사일 확보와 통제 시스템을 구축하고, 스텔스 전투기를 구비하며, 벙커버스터 기능도 확보해야 한다. 이를 위해서는 필요한 수준의 국방비를 지원한다는 국민적 공감대와 그 기반으로서 투철한 안보의식이 필요하다.

Ⅳ. 맺음말

북한과의 대화는 필요하지만 이를 위해 현재 상황을 호도하거나 대화 분위기에 도취되어 안보의식을 이완시켜서는 안된다. 실질적인 위협 해소와 함께 북한에 대한 인식 변화가 뒤따라야 한다. 북한의 핵능력은 더이상 미래형이 아니다. 지금도 한국을 겨냥해서는 언제든지 핵공격이 가능한 상황이기 때문이다. 그것도 북한의 준비 여하에 따라서는 수십 발의 핵무기를 갖출 수 있다고 보아야 한다. 대화는 문제를 푸는 기회일 수도 있지만 북한에게 핵능력을 보강할 시간을 벌어줄 수도 있다는 점도 이해해야 한다. 실질적 위협 해소가 선행되고 난 후 안보의식 변화가 이루어져야 한다.

동시에 북한 위협에 대한 인식 제고만으로는 충분하지 않다. 우리가 스스로 우리의 안보를 책임질 수 있도록 보다 적극적인 문제 인식이 필요하다. 북한이 핵무기를 사용할 수 없는 전략환경을 조성하고, 북한의 핵능력을 무력화시킬 수 있도록 미국의 확장억제와 우리의 독자적 첨단전력이 조화를 이룰 수 있다면 북한 핵위협을 통제할 수 있다. 이를 위해서는 북한을 얕잡아 봐서는 안 되며, 우리도 절박한 마음을 가져야 한다.

　끝으로 위협인식이나 대응방안과 관련한 국민적 공감대 형성이 필요하다. 우리 사회는 대북정책을 둘러싼 남남갈등이 심각하다. 전통적으로 북한의 위협을 강조하는 진영과 대화를 강조하는 진영이 팽팽히 대립되어 있다. 하지만 이런 대결구도는 국익을 위해 바람직하지 않다. 진영논리에 함몰되어 합리적 대안을 모색하기 어렵기 때문이다. 대화의 필요성은 인정하되 북한의 위협에는 함께 대비책을 만들어가는 공동의 노력이 필요하다. 올바른 안보인식은 바로 이러한 합리성에 기반을 두어야 할 것이다.

북한 핵문제를 둘러싼 한국인의 의식구조
외부세계가 바라보는 한국의 젊은이들
김남진

요즘 전 세계적인 이슈 중의 하나가 북한의 핵문제라는 것은 많은 사람들이 공감할 것이다. 미국정부의 입장을 대변한다는 '미국의 소리'(Voice of America)의 헤드라인 뉴스는 대부분 북핵문제를 다루고 있는 것만 봐도 그렇다. 북핵문제와 관련한 우리의 일반적인 인식의 저변을 들여다봄으로써 우리 젊은이들을 포함한 한국인들의 의식구조를 살펴보자.

우선, 북한이 핵을 개발하고 중·장거리 미사일 발사 실험을 하면 미국과 일본과 이스라엘을 비롯한 국제사회가 야단법석인데, 수도 서울에서 자동차로 불과 두 시간 거리에 있는 휴전선을 두고서도 강 건너 불구경하듯 한국인들은 천하태평이다. 무슨 배짱일까. 어디 믿는 구석이라도 있는 것일까.

조선은 건국 후 동북아시아지역에 2백여 년간 평화가 유지되어 상비군 체제에서 병농일치 예비군 체제로 전환하였다. 중앙의 근왕병과 여진족과의 영토분쟁이 빈번한 북부국경지역의 수비군과 왜구의 노략질이 분분한 남부 해안지역의 수군만이 상비군으로 유지되었고, 여

타 지방에서는 문서상으로만 병력이 존재하였다. 이런 상황에서 1592
년 4월(음) 일본이 조선반도를 침입해 왔을 때 바다의 수군과 내륙에
서의 의병들이 주로 활약을 했고, 급하게 소집된 농민군들(관군)은
지리멸렬하였다. 전쟁 발발 몇달 만에 평양성이 함락되자, 명나라가
1593년 1월(음)에 원군을 보내 조명연합군이 왜군과 싸웠고, 일본과
명나라가 서로 전세가 불리하여 1593년 8월(음) 마침내 휴전하였다. 조
선의 안보를 대국 명나라가 지켜준 셈이다.

조선의 주자성리학적 통치 엘리트들은 대중화주의(大中華主義)를
내세우는 명나라에 대하여 조선은 소중화주의(小中華主義)를 내세우
면서 중국만을 대국으로 섬겼다. 조선인의 눈에 오랑캐로 보였던 만
주의 신흥세력 청나라에게 1636년 침략을 받아 결국 인조는 청황제
홍타이지에게 삼전도에서 굴욕을 당하였다. 이때 국토는 황폐화되었
으며 백성은 굶주렸고 수십만 명이 전쟁포로로서 청나라로 끌려갔다.

갑신정변(1884년)은 한성에 주둔 중인 청군의 개입으로 실패하였다.
10년 후 동학을 신봉하는 농민군이 보국안민의 기치를 내걸고 봉기
하였을 때 고종은 난을 평정할 군대가 없어 종주국 청나라에 군대의
파송을 요청하여 1894년 6월에 2천 명의 청군이 아산에 상륙하였다.
이때 기회를 엿보던 일본이 공사관과 거류민을 보호한다는 명분으로
1개 여단을 파병하여 조선반도는 삽시간에 일본과 청나라의 전쟁터
가 되어 일본의 일방적인 승리로 끝났다.

1896년 고종이 일본의 간섭을 배제하려고 러시아공사관으로 파천
하였다. 욱일승천하는 국력을 배경으로 일본은 대한제국(1897년 10
월 이후)에 대한 러시아의 영향력을 축출하고 일본의 주도권을 확보하

기 위하여 러시아와 전쟁을 해서 승리하였다(1905년). 이 전쟁의 전리품으로 일본은 대한제국의 외교권을 빼앗더니(1905년), 급기야 나라를 합병하고 말았다(1910년). 이때 고종과 통치세력은 오른팔 한 번 휘둘러보지도 않고 나라를 일본에게 송두리째 넘겨버렸다.

생각해 보면, 조선을 개창(開創)한 주자성리학적 지배계층은 그들의 세계관에 의해 중원(中原)의 명나라를 지나치게 사대(事大)하고 만주족(滿洲族)과 바다 건너 왜족(倭族)을 오랑캐로 무시한 결과, 점차 상비군을 없애고 병농일치(兵農一致) 예비군으로 군제를 바꾼 듯하다. 조선이 명나라를 대국으로 섬기는 한 종주국 명은 번국 조선의 보호국이 되며, 설사 만주족과 왜족의 침공을 받더라도 중국이 지켜줄 것이기 때문이었을 것이다. 국가안보에 대한 조선의 태도는 고려왕조의 그것과 극명하게 대조된다.

개경을 중심으로 고려왕조는 3만 명의 상비군을 유지하였는데 이들 중앙군은 농민으로서 군인전(軍人田)을 경작한 것이 아니라, 군인전의 농경을 관리하고 조(租)를 수취한 직업군인들이었다(한국경제사 I ; 이영훈). 조선이 병자호란 때 만주족에게 겨우 두 달 간 버티다가 항복한 반면, 고려는 몽골세력에게 이십 년 이상 저항하였다.

한반도의 현대사를 한 번 생각해보자. 1950년 6월 인민군이 소련의 무기공급과 중공의 동의를 받아 국제전쟁을 일으켜 삼팔선을 넘어 전면적으로 남침하여 삼일 만에 수도 서울을 함락하였다. 그리고 세 달도 채 못 되어 낙동강 전선을 형성하며 대한민국의 통치권이 겨우 경주, 부산, 마산 일대만 남았을 때, 맥아더 사령관의 지휘로 인천상륙작전이 성공하여 전세가 역전되어 북진을 거듭하다 중공군의 개입으로 현 휴전선을 경계로 휴전이 되었다. 휴전협상 와중에 이승만 대통령의 국가생존전략으로 한미상호방위조약이 추진되어 대한민국은 지금까지 주한미군에 의지하여 국가의 안전보장을 받고 있는 것이다.

조선왕조 5백 년에 걸친 사대주의가 우리의 골수까지 스며들어 지금도 우리는 조선시대를 살고 있는 것은 아닐까.

다른 한편, 북한이 핵을 개발하여 말로는 미국에게 덤비면서 실제로는 대한민국의 자유민을 마구 공갈하고 있지만, 많은 사람들이 설마 동족을 향해 핵폭탄을 쏘겠느냐며 방심하는 듯하다. 몇십 년 전만 해도 이런 경우에 슈퍼마켓의 생필품이 동이 나며 온 나라가 야단이었는데 격세지감이 있다. 한국전쟁의 뼈저린 교훈은 어디로 간 것일까.

우리 귀에 들리기만 해도 우리 입에 올리기만 해도 눈물을 글썽이게 하는 단어들이 있다. '어머니,' '우리 가족'과 '우리 가문,' '내 고향'과 '우리 고장,' 그리고 '한민족' 또는 '우리 민족' 같은 말들이다. 이와 같이 우리에게는 혈연으로 이루어진 가족이 가문을 형성하고 이 가문들의 공동체가 '부족적 민족주의'로 진화되었다고 볼 수 있다. 원래 민족주의라는 개념은 중세 기독교의 종말론적 시간감각이 해체되고, 16세기 이후 종교개혁, 달력시간, 시장과 과학의 발전, 대항해시대의 개막과 함께 개인(개인의 자유), 연대감, 동지애, 지방관념, 공화주의, 애국심(애국적 국민주의, 국민통합) 등과 같은 상상의 공동체의식

명량해전을 묘사한 기록화 이순신 장군은 지형과 조류의 변화를 이용해 일자진을 펼쳐 133척의 왜선을 격퇴시켰다.
조선시대에는 북부 국경지역의 수비군과 남부 해안지역의 수군만이 상비군으로 유지되었고, 그 외 지방은 문서상 병력만 존재했다. 이런 상황을 낱낱이 파악한 왜군들은 단숨에 조선반도를 유린했다. 일본에 두 번째로 치욕을 당한 것도 결국 나라를 지킬 군대가 없었기 때문이다.

에서 생겨났다. 이러한 '민족'(Nation)이라는 개념이 일본으로 들어와 (1888년), 중국을 거쳐 대한제국의 황성신문에 처음으로 등장하였다 (1907년, 환상의 나라, 우리 민족, 그 불길함, 이영훈). 곧 이어 한반도는 한일합방으로 일본의 식민지가 되어 이민족의 지배를 받게 되자 한국의 민족주의는 1920년대부터 우리의 전통과 문화의 바탕 하에 정착된 독특한 '한국적 민족주의'로 발전하였다(제국 그 사이의 한국 ; 앙드레 슈미드, 2002).

앞드레 슈미드에 의하면, 한국의 민족주의는 우리의 자연관과 접목되어 대국 중국을 섬기는 소국의 땅에 사는 민족으로 인식되었다. 백두산에서 시작되는 백두대간은 태백산을 거쳐 소백산맥으로 연결되어 척추를 이룬다. 이 척추에서 12개의 산맥이 서쪽으로 나 있어 산맥과 산맥 사이로 정맥과 같은 강이 흐른다. 이 형세가 마치 대국을 향하여 읍(揖)하는 모습을 띠어 스스로를 중국에게 충성하는 소국으로 일컬었다.

또한 한국의 민족주의는 씨족(氏族)의 확장으로서 부족적 민족주의를 형성했다. 각 가문의 집합체가 민족공동체로 확장되어 씨족과 민족은 공통의 감각과 원리로 연결되었다. 처음에 우리의 선조는 기자(箕子)였지만, 신채호·최남선 등이 '민족'이라는 개념을 확장시키면서 우리는 단군(檀君)의 자손으로서 단일민족임을 강조하기 시작했다. 조선왕조도 전주 이씨가문(李氏家門)의 가산제왕국(家産制王國)으로서 끝내 나라를 일본에 넘기고도 이왕실(李王室) 유지비와 종묘에 제사지내는 비용까지 조선총독부로부터 1910년부터 1945년 8월까지 매월 받아온 사실은 서글프기만 하다.

그리고 한국의 민족주의는 일제의 식민주의에 저항하는 민족주의로 정착되었다. 오랫동안 오랑캐로 여기던 섬나라 일본에게 나라를 빼앗기고 점차 신사참배와 창씨개명 등을 강요받으면서, 일제에 저항하고 배척하는 의식과 행동으로서의 민족주의로 굳어져갔다. 당시 한국인들은 비록 식민지 백성이었지만 대륙에서 받아들인 선진문화를 섬나라에 매개해 왔던 전달자로서의 자존심이 식민지 지배논리 자체를 부인하는 태도를 고수하였다. 그러기에 일본제국주의 통치를 통해

남쪽에서 바라본 편문점 공동경비구역 정전협정 이후 판문점은 유엔군과 북한군의 공동경비구역으로 지정되었다. 휴전협상 와중에 이승만 대통령은 국가생존전략으로 한미상호방위조약을 추진해 지금까지 주한미군에 의지하여 국가의 안전보장을 보장받고 있다.

서양식 근대가 한반도에 수용되는 과정을 부정하게 되었다. 이렇게 부정적인 한국의 민족주의는 점점 반일의식을 강하게 선동하여 오늘날 일본은 미국을 중심으로 하고 대한민국을 포함하는 태평양 세력의 우방임에도 서로 감정적인 대립만 일삼고 있다. 얼마나 비현실적이고 대책 없는 국민정서인가. 반일정서가 고조되는 것과 비례하며 북한에 대한 맹목적인 민족감정도 상승하여 그들이 무슨 짓을 하든 '우리민족'이나 '우리끼리'라는 구호로 그들의 행태를 미화하고 있는 것은 아닐까.

마지막으로, 김일성 삼대 세습의 결과인 어린 김정은이 북한인민들에게 절대권력을 마구 휘두르는 것처럼, 삼성의 후계자 이재용이 재벌

3세로서 '금수저'로 태어나 우리 사회에서 많은 특권을 누린다고 많은 젊은이들이 생각하는 듯하다. 소위 '흙수저'로 태어났다고 여기는 한국의 많은 젊은이들이 특별히 그를 미워한다는 말을 어느 공단에 관계하는 지인으로부터 들은 적이 있다. 자본주의 사회에서 부의 크기에 따라 계급이 형성된다고 인식하는 풍조라고 할까.

삼성 경영권 3대 승계를 김씨 절대권력 3대 세습과 비교하는 것은 비논리적이다. 김씨 일족이 3대째 세습한 절대권력은 북한 안에서 자기들끼리 권력 투쟁하여 이긴 세력이 인민의 기본인권을 말살하고 심지어 굶어죽게까지 하면서 핵을 개발하여 대한민국을 비롯한 전 세계를 위협하는 방식으로 생존하는 일인 독재권력이다. 그러나 삼성그룹은 그들이 개발한 상품을 가지고 세계시장에 진출하고 치열하게 경쟁하여 일등을 해서 살아남는 생존논리로 존립하는 세계적 기업이다. 정당하게 벌어서 국가경제에 기여하고 한국의 소비자들에게 편익을 제공하며 결과적으로 서민들의 삶의 질을 높여주는 좋은 기업이다. 예를 들면, 서민들을 비롯한 한국인 대다수가 삼성과 다른 전자회사가 개발한 스마트 폰을 소유하고 있으며, 삼성은 지방도시까지 서비스센터를 운영함으로써 소비자들이 편리하게 사용하고 있다. 이 그룹의 대표가 누리는 특권이 있다면 그것은 세계일류기업이 된 공로로 주어진 명예로운 대가일 것이다.

통치권력 세습과 기업 경영권 승계의 결과는 현실적으로 너무나 다르다. 인류 역사상 통치권력 세습은 왕조국가에서나 있어왔으며, 이 체제는 이미 입헌군주제로 대부분 전환되었다. 북한과 같은 권력세습 체제는 전 세계적으로 오로지 그들을 비롯한 몇몇 나라만이 옛 왕조

삼성 반도체
삼성은 삼대세습이
라 하지만, 그들이
개발한 반도체·스마
트폰 등의 상품을
가지고 세계시장에
서 치열한 경쟁으로
살아남은 세계 일류
기업이다. 인민의 기
본인권을 억압하고
핵을 개발, 남한은
물론 전세계를 위협
함으로써 유엔제재
를 자초한 북한의
삼대세습권력과는
차원이 다르다.

시대의 구습을 답습하며 남아 있고, 그들은 삶의 모든 면에서 낙후
된 상태를 면치 못하고 있지 않은가.

그러나 세계적인 기업들을 살펴보면, 전문 경영인 체제를 유지하고
있는 나라는 미국(90%), 영국과 캐나다(각각 60%), 그리고 스위스(50%)
를 제외하면, 대부분의 선진국들이 소유주 체제를 선호하고 있다. 예
를 들면, 각 나라별로 2000년도 시가총액 기준 5억 달러 이상의 20대
기업 중에서 지분율 20% 이상 주주가 없는 기업의 비율(전문 경영인
비율)은 오스트리아/이탈리아/프랑스가 각각 0%, 독일/네덜란드/스웨
덴이 각각 10%, 벨기에/핀란드/노르웨이/오스트레일리아가 각각 20%,
덴마크/일본이 각각 30%이다(소유주 체제 대 전문 경영인 체제, 김정
호). 말하자면, 선진국들의 유수한 기업들은 미국과 영국과 캐나다와
스위스를 제외하면, 대부분 소유주가 경영하고 있으며 이 기업들은
아주 좋은 성과를 내고 있다. 더구나 우리나라 기업 중에서 전문 경영

인이 경영하여 잘된 기업은 전무한 실정이다. 이미 망하고 없어진 대한전선이나 기아산업 또는 현재 경영이 아주 어려운 대우조선이 좋은 예이다. 따라서 삼성의 경영권 승계는 우리나라와 대부분 선진국들의 실정을 감안할 때 우리 젊은이들이 생각하듯 반사회적이기는커녕 국가 사회를 위해서 좋은 현상인 것이다.

오늘날과 같은 국제사회에서 다른 나라들이 우리를 바라보는 시각은 냉혹할 수밖에 없고 그들의 시각은 우리에게 미치는 영향력이 크다. 한국인들은 너무나 외세 의존적이다. 또 한국인의 민족주의는 아무 대책 없이 감상적이다. 그리고 한국인의 비이성적 반기업의식은 너무나 비생산적이다. 우리 젊은이들이 결혼한 후에도 부모에게 기대는 풍조라든지, '우리민족끼리'에 도취된 행태는 유학생들이 국제사회에서마저 한국학생들끼리 몰려다니는 현상이라든지, 또한 젊은 세대의 피해망상적 계급의식은 이미 낙오한 마르크스주의의 시각으로 세상을 바라보는 허상이다.

이렇게 왜곡된 우리의 의식구조를 올바르게 바꾸는 패러다임 전환이라는 작업을 누가 할 것인가. 이런 문제에 의식이 있는 한 사람 한 사람이 자신의 영향력이 미치는 범위 안에서 지금부터라도 이 일을 시작해야 할 것이다, 비록 멀고 먼 길일지라도.

성현들 가르침에서 찾은 우리사회 문제에 대한 제언

이명복

지금의 현시대를 정의하는 여러 말들이 있다. 그 중에 하나가 '백세 시대'이다.

내 나이 50이 넘은지 몇 해가 지났다. 백세 노인에게는 손자뻘이니 아직도 강보에 싸인 어린아이요, 옛날 같으면 손주들 재롱 보면서 노년의 한가로움에 젖을 나이니 많으면 많고 적다면 적은 나이라 할 것이다. 그것이 곧 비교라는 잣대의 요술이 아니겠는가. 다만 많은 경험은 아닐지라도 보통사람들이면 경험했던 것들을 나도 적당히 지나왔다 하겠다.

내가 태어난 1960년대 중·후반은 우리나라 농촌의 생활상으로 볼 때 풍요보다는 가난이라는 단어가 먼저 떠오르는 시대였다.

백제의 고도 공주에서도 시골에 속하는 우리 마을에는 새마을운동이 한창이던 1977년이 되어서야 전기가 들어왔으니, 다른 마을에 비하면 꽤 궁벽지고 늦은 편이었다. 미루나무 꼭대기에 매단 스피커에선 아침마다 이장 아저씨의 안내방송 이전에 틀어 놓는 '새벽종이 울렸네. 새아침이 밝았네. 너도나도 일어나 새 마을을 가꾸세, 살기 좋은 내 마을 우리 힘으로 만드세'라는 새마을운동 노래 소리가 울려 퍼졌다. 그 노래 소리를 들으며 형과 함께 마당에 물을 뿌리고 싸

리비로 마당을 쓰는 것이 내 하루 일과의 시작이었다.

지금도 기억나는 것이 석유를 쓰는 등잔인 호롱불을 쓰다가 하루 아침에 백열등을 켜니 대낮같이 환하게 밝았다. 어둠컴컴한 저녁에 마당에서 방을 바라보시던 아버지께서 갑자기 안방에만 켜놓은 백열등을 왜 윗방까지 쓸데없이 켰냐고 나무라시던 기억이 아직도 생생하다.

백열등은 지금 거의 사라져 옛날 사진첩 속이나 산업전시관 박물관 등에서나 볼 수 있으니, 격세지감을 느낄 수 있다.

내가 쌀밥만을 먹어본 것이 고등학교에 입학할 때인 1983년도였으니, 그 당시에 밥맛은 별로였지만, 소출이 많은 기적의 볍씨 통일벼 덕분이었다. 그 당시 일련의 이러한 노력의 결과를 학계에서는 '녹색혁명'이라 한다.

바쁜 농번기에는 학교에서도 어린 학생들에게 가정실습이라는 명목으로 며칠씩 고사리 같은 손으로 집안일을 거들게도 하였다. 일부 학부모는 바쁘다며 자녀를 학교에 보내지 않거나 핑계대고 며칠씩 등교하지 않는 친구들도 종종 있었다.

벼베기할 때 마른 볏짚을 뒤집고 모을 때 볏단을 모아 줄가리 쳐서 나르고 탈곡할 때 조금이라도 함부로 하거나 볏단을 놓치면 벼 알갱이가 우수수 논바닥에 떨어졌다. 그럴 때마다 아버지께서 불호령하시던 모습이 몇 조각 흑백영화의 장면처럼 머리에 남아 있다. 그전에는 주로 보리밥 콩 혼식에 여름에는 감자 겨울에는 고구마를 주로 먹었으니, 열 너댓 가마니의 고구마를 캐서 윗방에 고구마 통가리를 만들어 저장하고 겨우내 심심하고 출출할 때마다 꺼내어 깎아먹거나 구

새마을운동 경북 청도군, 홍수가 난 마을을 재건하는 활동 모습

워먹던 추억이 있다.

국민학교 시절에는 검정고무신을 신고 앞산 고개를 넘어 학교에 다 녔다. 6년 동안 한 번도 지각하지 않은 것이 지금도 생각하면 한편으 론 대견하다.

1978년 11월에는 충남 광천 무장공비 침투사건이 발생하였다. 북한 의 3인조 무장공비가 충남 광천에 침투하여 말봉산으로 나무하러 갔 던 여인 2명을 살해하고 도주하면서 주민 3명을 추가 살해하고 한강 하구를 거쳐 북으로 복귀한 사건이다. 해발 614미터의 무성산을 끼고 있는 산골이라 대간첩작전으로 군인들이 외딴집을 아랫마을로 소개시키기도 하였다. 주둔 첫날 저녁에는 100여명 정도의 군인들이 미쳐 저녁식사가 준비되지 않아 큰 가마솥에 밥을 짓고 큰 고무함지박에 무생채를 가득 버무려서 아버지께서 지게로 작전 숙영지까지 나르시던 기억이 남아 있다. 작전 기간 중에 오발사고가 발생하여 군인 한 명이 사망하는 안타까운 일이 발생하기도 하였다. 대간첩작전 종료까지의 30여 일 동안 마을 주민들은 공포에 떨며 지내야만 했다.

산과 들에는 산토끼 꿩도 참 많아서 토끼 잡는 올무와 꿩 잡는 약싸이나(청산가리)를 잘 놓는 청년과 아저씨들은 운 좋은 날에는 하루에 2~3마리씩 잡기도 하여 잘 잡는 형님을 둔 친구가 꿩고기 토끼고기 먹은 이야기를 하면 못내 부럽기도 했다. 이러한 이야기를 고등학교를 다니던 천안에 와서 도시에서 태어나 자란 친구들에게 이야기하면 나는 거짓말쟁이가 되기 십상이었으니, 같은 시대나 또래라도 자라온 환경과 형편의 차이에 따라 이렇게 다를 수도 있구나 하는 생각이 들었다.

어려운 가정형편에 바로 위 두 누님은 오빠와 남동생의 희생양으로 간신히 중학교만 졸업하고 어린 나이에 아산의 국제방직에 여공으로 취직하였다. 3교대 근무에 야근과 잔업으로 고생을 하면서도 산업체 부설학교인 연화여고를 가장 우수한 성적으로 졸업하였다. 이렇게 열심히 일하고 공부한 끝에 큰누님은 졸업과 동시에 사무직으로 특채되는 영광을 안았다.
60~80년대의 산업화시기에는 이러한 어린 여공들과 젊은 기능공

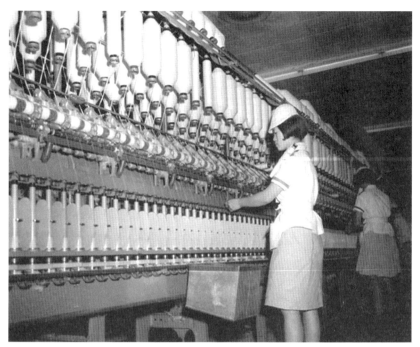
대전방직공장(1965) 이들은 60~80년대 산업화시대에 가장 역동적인 삶을 살았던 산업체의 역군들이었다. 이들은 낮에는 열심히 일하고 밤에는 열심히 공부하여 대한민국의 성장동력이 되었다.

들의 숨겨진 피땀과 눈물겨운 이야기가 있었다.

나는 고등학교 3년 군입대 전 2년 동안 누님들께 큰 신세를 지면서 가까이에서 산업현장의 모습과 목소리를 보고 들으며 치열하고 생생한 삶의 현장을 간접적으로나마 체험할 수 있었다. 나의 중학교 여자 동창생들 중에서도 여러 명이 방직공장에 취업하였다. 가끔 길에서 만나면 아는 사이라 인사를 나누면서도 미안함과 안쓰러움이 교차하여 어쩔 줄을 몰랐다. 그런데도 몰지각한 청년들이나 대학운동권 학생들 중 일부는 종종 '공순이'나 '공돌이'라는 말로 비하하며 깔보기도 하였다. 그들의 위선적이고 사이비적인 형편없는 언행에 화가 나고 분노가 치밀어 지금까지도 상종하지 않는 사람이 있다. 지금도 또한 크게 다를 바가 없으니 부끄러워해야 할 일이다.

현재를 살고 있는 이들은 모두 그분들에게 큰 빚을 지고 있는 것과 같다. 항상 마음 속 깊이 고마워해야 할 일이다.

누님들의 보살핌으로 객지에서 고등학교를 다닌 나는 대학을 합격하였지만 어려운 살림에 등록금 접수 마감 전날 늦은 밤까지 안방에서 다투시던 아버지 어머니의 목소리를 사랑방에서 무심코 듣고 있어야만 했다. "밑에 동생이 둘씩이나 있는데 저놈만 자식이냐?"하시던 만감이 실린 아버지의 안타까운 그 목소리가 30여년이 훨씬 지난 지금에도 귓가에 맴도는 것 같다.

그 어려운 시절 가난한 살림에 홀로 온몸으로 버텨내셔야 했을 고달픈 삶의 무게가 어떠했을까! 그때 아버지 연세가 지금의 내 나이와 비슷했으니, 세 아이를 낳고 길러 대학까지 보낸 지금의 나로서는 그 한없는 희생에 감사함으로 이따금 생각이 스칠 때면 가슴이 뭉클하고 눈시울이 붉어 올 때가 있다. 나라면 그렇게까지는 못했을 것이라는 부끄러운 생각에 크신 사랑과 존경심에 절로 고개가 숙여진다.

안정된 직장을 바라시던 아버지께서는 내가 공무원이 되기를 원하셨다. 행정학과에 진학한 나는 아버지의 뜻과는 달리 내가 좋아하는 서예에 심취하여 무던히도 아버지의 속을 썩였다. 어려운 살림에 품 팔고 소 팔아서 아들놈 대학에 보내고 기대 좀 했더니만 하라는 전공 공부는 하지 않고 먹 갈고 붓만 휘두르고 있으니 그 속이 어떠하셨을까! 그런 불효도 없을 것이다. 더 이상은 차마 못보시겠던지 하루는 "저놈의 붓 죄다 아궁이에 불살라 버리든지 해야지."하시며 최후통첩의 말씀도 하셨다. 그러나 세상에 자식 이기는 부모 없다더니 결국에는 1994년 내 나이 28세에 서예학원을 개원하였다. 당신의 살점과도 같은 시골 논 몇 마지기를 팔아서 장만한 돈으로 보태주신 덕분이었다. 마땅한 서실 자리를 알아보려고 천안 시내 이곳저곳을 자전거 타고 돌아다니고 조금이라도 돈을 아낄 요량으로 톱으로 자르고 대패질하여 그 많은 책상과 사물함도 직접 만들었다. 엊그제 같은데 벌써 26년이 흘렀다.

학원운영이나 서예가라는 직업 특성 때문에 그 동안 나의 활동영역은 아주 제한될 수밖에 없다. 학원교육 현장과 대학에서의 서예동아리 학생지도와 대학평생교육원에서의 성인지도, 서예가 활동이 나의 사회생활의 전부라 해도 과언이 아니다. 지금껏 성현들이 남기신 큰 가르침과 좋은 글들을 읽고 쓰고 느끼면서 그 중에 감명 깊게 읽고 남기고 싶은 것들을 내 나름의 표현법으로 먹과 붓으로 화선지에 펼쳐 보이며 살아왔다.

개개인의 정치 경제 사회 문화 등 의식 형성의 다양한 원인은 각기 살아온 가정환경 시대 상황과 학교교육, 본인의 학습방향 수많은 경험, 직업과 신체적 경제적 상황과 변화에 따라 흡수되어 다양하게 형성될 수밖에 없으니, 나도 예외는 아니어서 지금껏 서예가로서 활동하고 학생들을 가르치면서 살아온 나의 삶을 바탕으로 내가 생각하고 느낀 것들을 장님이 코끼리 만지고(群盲撫象), 대롱으로 하늘 보는 것(以管窺天)처럼 좁은 소견이나마 조심스레 담아내고자 한다.

개인과 가정, 더 나아가 한 사회나 국가의 여러 가지 상황의 인식과 문제점에 대한 해결방안은 각자가 살아온 삶의 경험과 생각에 따라 다를 수 있다. 나는 개인적 경험이 일천하여 그동안 자주 접했던 성현들의 삶과 글 속에서 느끼고 얻은 가르침들을 전하고자 할 뿐이다.

반구저기(反求諸己 : 잘못의 원인을 자기 스스로에게서 찾으며) 불우인(不尤人 : 남을 탓하지 않는다)−자신이 먼저 실천하고 자신을 먼저 되돌아보는 자기 혁명

그리스 철학자 소크라테스는 일찍이 말했다. '너 자신을 알라.'

영국 경험론의 창시자 베이컨은 말했다. '아는 것이 힘이다.'

'너 자신을 아는 것이 힘이다'는 누가 말했을까? 고등학교 때 철학을 가르쳐 주시던 선생님께서 내신 난센스 퀴즈이다. 당연히 소크라베이컨이다.

책을 읽어 지식을 습득하여 아는 것은 오히려 쉽지만 자신을 안다는 것은 참 어렵다. 성인(聖人)이야 당연히 알겠지만 성인(成人)이 되어서도 결코 쉽지 않은 일이다. 죽을 때까지 알기도 쉽지 않지만 이를 바탕으로 실천하는 것은 더더욱 어려운 일이다. 스스로 알지 못한다는 것을 자각하는 것은 대단한 것이며 그러한 사람은 최소한 보통 사람은 아니다. 나 자신 '오직 모를 뿐'이라고 생각하고 살아가면 자신을 낮추고 자연스레 남은 높이면서 남 탓하지 않고 경건한 삶을 살게 된다.

남과의 마찰과 갈등도 한결 줄어들고 문제의 해결점이 보이며, 더불어 살아갈 것이다. 복잡다단하고 치열하게 살아가는 현재의 삶 속에서 남을 탓하기 전에 자기 자신을 성찰하는 자세와 시간을 가지는 것이 필요하다.

자기의 마음도 조절하지 못하면서 현대인들은 자꾸 남의 마음이나 행동을 지적하고 바꾸려 애를 쓴다. 세상을 바꾸고 싶다면 먼저 나부터 바뀌어야 한다. 각자가 남을 바꾸는 것보다 자신을 반성하고 올바르게 바꿔나가는 것이 그나마 쉽고 아름다운 모습이다. 어떤 일을 열심히 하고서도 만족스럽지 못하면 먼저 자기 자신에게서 원인을 찾자.

남을 탓하지 말자. 각자의 주어진 조건 속에서 자신의 역할을 충분히 발휘할 때, 원활히 돌아가는 기계의 부품처럼 조직과 사회와 국가는 원만하게 운영되며 발전할 수 있다.

각자가 자기가 맡은 본분을 책임감을 가지고 최선을 다하면, 누구나 사랑 받고 존중 받게 되며 귀하게 된다. 힘든 일도 지켜야 할 옳은 일도 나 자신부터 앞장서서 지켜 나가는 것만이 개인과 가정, 직장과 사회, 국가 발전의 원동력이 될 수 있다.

온화한 얼굴과 사랑스러운 말(和顏愛語), 집안이 화목하면 복이 생긴다(家和生福)

한 사람의 사람됨을 가늠하는 척도 중에 가장 대표적인 것이 언행이며, 가장 기본적인 것이 언어 곧 말씨이다. 말씨와 솜씨, 맵씨 등이 곧 그 사람의 품위이며 격이니 이는 그 사람을 더욱 사람답게 하는 그 무엇이다.

말은 사람에게 큰 용기와 희망도 주지만 더할 수 없는 좌절과 상처도 준다. 더 심한 경우에는 말 한마디로 사람을 죽음에 이르게까지 한다. 그렇기 때문에 예로부터 세 가지 썩지 않는 것(三不朽)이 있으니, 立言·立德·立功이라 한 것이다.

선인들의 훌륭한 말들을 접하고 이를 삶의 지표로 삼아 한 사람의 일생이 바뀌고 그로 인해 덕과 공을 세웠으니, 입언이 가장 소중하고 영향력이 있다 할 것이다. 여러해 전 텔레비전 광고에도 나온 서울 삼각지역 '옛집' 국수집 이야기가 있다. 잘 나가던 젊은 사업가가 사기를 당해 쫄딱 망하고 세상에 대한 온갖 원망과 분노를 품은 채 노숙자로 살다가 어느 국수집에 들어갔다. 며칠을 못 먹은 데다가 호주머니에는 한 푼도 없어 한 그릇을 뚝딱 비우고 냅다 도망칠 심산이었다. 머리를 푹 파묻고 허겁지겁 거의 다 먹었는데 국수집 아줌마가 따뜻한 국물과 사리를 말없이 더 건네주는 것이었다. 고마움도 잠시, 다 먹고 나서 바람같이 일어나 문을 박차고 도망 나오는데, 아주머니가 뛰어 나오며 하시는 말씀이 "그냥 가, 뛰지 말어 다쳐요." 였단다. 그 말 한마디를 듣는 순간 그때까지 맺혀 있던 세상에 대한 분노와 원망을 다 삭혀 잊을 수 있었다고 했다. 그 사업가 아닌 실업자는 심기일전하고 파라과이에서 열심히 노력해서 다시 우뚝 성공한 사업가로 살 수 있게 되었다는 가슴 따스한 광고 사연이었다.

죽을 작정으로 택시를 타고 한강다리를 지나가는데 라디오에서 김광석의 노래 '일어나 일어나 다시 한 번 해보는 거야 일어나 일어나 봄의 새싹들처럼'이 흘러나왔단다. '그래, 다시 한 번 해보자. 그래도 안되면 그때 생각해 보자'하고 마음을 돌리고 열심히 살아서 성공했다는 사연도, 그 노래를 들려준 라디오 음악프로 진행자가 들려주었다.

감사의 말 사랑의 말 따스한 말 칭찬과 용기와 격려의 말은 아끼지 말고 자주하고, 거친 말 분노와 저주의 말 상처 주는 말은 하지 말아야 한다. 그런 말들을 하는 순간 나쁜 기운이 먼저 내 몸에 퍼지고 내 입이 더러워진다.

나의 분신인 가족과 특히 부모님께는 감사와 존경과 사랑과 축복의 말을 자주 하며 안아드리고 입맞춤해드려야 한다. 돌아가셔서 입관하고 하관할 때 아버지와 어머니께 '감사합니다' '존경합니다'라고 말해 본들 무슨 소용이랴! 관을 부둥켜안고 눈물 흘려도 부질없는 일이니, 살아계실 때 자주 따스한 말로 감사와 사랑의 표현을 하고 여윈 뺨에 나마 따스한 볼을 비벼드리는 것이 조그만 효도의 실천 방법이라 하겠다.

며칠 전 검색하다가 우연히 본 사연이 있으니 어느 공동묘지에 있는 자그마한 표석 글귀다.

왔니? 고맙다. 사랑한다. 행복해라. — 아빠 엄마가—

무덤에 모셔진 부모님의 자식사랑이 온몸으로 느껴진다. 살아 계셨을 때에도 이처럼 따스한 말로 사랑 표현과 가르침을 주셨을 터이니, 그 자녀들은 분명히 훌륭하게 성장하였을 것이고, 그 가정은 남부럽지 않게 행복하였을 것이다.

치매를 앓아 요양원에 계시는 할머니들이 대부분 비슷한 증세를 보이는데 그 중 가장 많이 하시는 말씀이 "우리 아이들 밥해주러 가야 한다"하며 우시는 것이란다. 당신의 존재조차 까마득하게 잊었으면서도 자식들의 끼니 걱정을 하시니, 그 어떤 의학적 분석으로도 설명될 수 없는 숭고한 자식사랑이 아닐까. 요즘은 술 마시고 자신들을 상습 폭행했다고 딸들이 아버지를 사형시켜달라며 청와대에 국민청원하는 시대가 되었다. 가정폭력을 휘두른 아버지를 옹호하거나 폭력을 정당시하는 것은 절대 아니나, 어쩌다 이 지경에까지 이르는 시대가 되었단 말인가! 그런데도 일반 국민들은 피해자의 인권만 거론하고 동정할 뿐 아무런 생각이 없는 것 같아 안타깝고 씁쓸하기만 하다. 부모의 자식사랑과 자식의 부모에 대한 생각이 이렇게도 극명하게 차이가 난다는 말인가, 모두들 각자 자식이면서 부모 된 도리로 다시 한 번 뒤돌아보아야 할 것이다.

'행복한 가정은 미리 누리는 천국이다.' 내가 가장 좋아하는 말이다. 누구나 죽어서 천당이나 극락으로 가기를 원한다. 그렇다고 그 많은 종교의 신자들과 착한 사람이 원하는 곳에 모두 태어나는 것은 아닐 것이다. 왜 내가 주관할 수 있는 것이 아니기 때문이다. 그러면 어떻게 해야 할까? 열심히 바르고 착하게 살아가면서 가장 소중하고 조그만 보금자리인 가정을 천국처럼 만드는 것이 내가, 그리고 우리가 할 수 있는 가장 빠르고 확실한 방법일 것이다. 그렇게 살아가는 사람이 더 행복한 사람이 아닐까. 천국이나 극락은 현실에서는 존재하지 않는 이상향이지 결코 인간이 살아가는 현실세계는 아니다. 가정에 누구나 아름답고 행복한 천국을 설계하고 만들어 나가는 것이 지름길이다. 그것이 예쁘고 소중한 자녀들에게 남겨 줄 수 있는 가장 훌륭한 가르침이며, 가장 큰 유산이다. 천 원 한 장에도 즐거워하고 아내인 목순옥 여사가 사주는 막걸리 한 사발에도 행복한 웃음을 짓던

천상병의 동상과 〈귀천〉 시비   인천광역시 강화도 건평항 천상병 귀천공원

천상병 시인은 1993년 우리 곁을 떠나 영원히 하늘로 돌아갔다. 시인이 지은 불후의 국민 애송시 〈귀천〉의 한 부분이다. '나 하늘로 돌아가리라 아름다운 이 세상 소풍 끝내는 날 가서 아름다웠더라고 말하리라.'

 벌써 봄이다 겨우내 추위에 움추렸던 사람은 따스한 양지로 하나둘 모여들고, 외로운 새들과 사람들은 저마다의 짝을 찾으려 날아들며 귀를 쫑긋 세우고 두 눈을 반짝인다. 따스한 햇볕 한 줌도 사랑스럽고 떠나간 사람 지나는 사람들도 모두가 그립기만 하다. 봄은 이미 우리 곁에 왔건만 우리들 가슴속에 봄은 정녕 어느 쯤에 왔는가. 송나라 대익이 지은 〈봄을 찾아서〉(探春)라는 제목의 시이다.

盡日尋春不見春(진일심춘불견춘)	온종일 봄을 찾았지만 봄을 찾지 못한 체
杖藜踏破幾重雲(장려답파기중운)	지팡이 짚고 산 넘고 물 건너 몇 겹을 다녔던가?
歸來試把梅梢看(귀래시파매초간)	돌아와 매화 나무가지 끝을 보니
春在枝頭已十分(춘재지두이십분)	봄이 가지 끝에 벌써 무르녹아 있던 것을.

행복이라는 파랑새는 멀리 어디로 날아갔을까! 진리는 정녕 어느 곳에서 찾아야만 하는가, 파랑새는 아직도 멀리 떠나지 않았다. 내 가슴 깊은 한곳에 둥지 틀고 머리를 파묻고 아직 깊은 잠에 빠져, 맑고 푸른 하늘의 행복한 비상을 꿈꾸고 있을 것이다. 진리는 처음부터 내 손아귀 속에 소중히 담겨져 있는지도 모른다. 활짝 펼치면 반짝거리며 빛나고 있을 텐데 말이다.

음수사원(飮水思源 : 한 방울의 물을 마시면서도 소중하고 감사하게 생각하라)

아름다운 이 세상을 살아가는 동안 감사해야 할 일들과 고마운 분들은 너무도 많다. 한 끼의 밥을 먹으면서도 세가지로 감사해야 한다는 말이 있다. 농사를 지어 좋은 쌀을 생산한 농부, 열심히 일해서 번 돈으로 쌀을 사서 맛있는 밥을 지어주신 부모님, 모든 채소와 과일 곡식을 잘 자라게 해준 대자연과 창조주 하느님.

물에 대한 정의는 최소 수십 수백 가지가 있을 것이다. 화학적·생물학적·철학적·문학적 ……. 무엇이든지 누구든지 정의를 내릴 수 있기 때문이다. '물은 생명이다.' 이 말처럼 빠르고 쉽고 확실하게 전달되는 정의는 없을 것이다. 반대로 이야기하면 모든 생물체는 물이 없으면 죽는다는 뜻이다. 그러나 언제부터인가 인간은 물을 함부로 써왔다. 물이 엄청 부족한 특수한 상황을 제외하고는, 소중한 생각도 잠시 뿐, 언제 그랬냐는 듯이 함부로 쓴다. '물 쓰듯 한다'는 우리말에 이 모든 것이 함축되어 있다. 한 모금 물과 한 끼 밥을 먹고 마시면서도 그 고마움을 생각한다면 자연스레 자연사랑과 환경보호, 부모님에 대한 감사함, 뭇 사람들에 대한 배려, 아껴 쓰는 절약 정신이 몸에 배어 실천하며 살아갈 것이다.

3·40년 전보다 훨씬 풍요로워서 그런지 현재 물부족 국가로 분류되는 우리나라에서도 개인이나 가정 직장 등에서 물을 낭비한다. 물은 생명처럼 소중해서 나 자신을 살리기도 죽이기도 하는 절대적인 물질이라 생각한다면, 아껴 쓰고 감사하며 소중하게 쓸 것이다.

기름 한 방울 나지 않는 우리나라에서의 전기 사용 습관도 마찬가지이다. 필요할 때는 100개의 등을 켜더라도 필요치 않을 때에는 필요 없는 1개의 전등이라도 꺼야 한다. 한 잔의 물에도 감사하고 등불 하나라도 아껴 쓰는 자세, 그것이 바로 자연에 대한 인간의 예의이며, 타인에 대한 사랑이며 애국의 출발점이다.

부작불식(不作不食 : 일하지 않았으면 먹지도 말라. 밥값은 하고 살아가자)

5년 전쯤 전시장 부근 공터에서 자그마한 손수레에 폐지를 줍는 70대 중반의 허리 굽은 할머니를 우연히 만났다. 어머니와 비슷해 보이는 연세에 고생하시던 어머니 생각이 나서 다가가 조심스레 말했다. "저희 어머니 생각이 나서 그러는데, 괜찮으시다면 따뜻한 국밥 한 그릇이라도 사드세요."하면서 만원 한 장을 조심스레 내밀었다. 순간 나를 아래위로 한번 훑어보시더니 "나 그런 사람 아닙니다."하시며 잰걸음으로 걸어가셨다. 내가 더 민망하고 죄송스러웠다. 힘드실 텐데도 저렇게 열심히 사시는 분도 있구나.

시골에 가면 90이 가까운 아버지께서 가끔 말씀하신다. '나라 살림도 어렵다는데 놀고 먹는 우리 노인네들한테 기초연금이나 노령연금을 이렇게 많이 주어도 되느냐'며 걱정하신다. 받는 사람이야 누구나 기분 좋게 잘 쓰지만 촌부라도 나라 걱정이 되시나 보다.

一日不作 一日不食(하루 일하지 않았으면 그날 하루는 먹지도 말라)

당나라의 선승 백장 회해선사가 몸소 실천했다는 이 고사는, 사지가 멀쩡한데도 일하지 않고 얻어 먹으며 살기만 하려는 젊고 멀쩡한 사람들에게 들려주는 따끔한 경종이자 가르침이다. 여러 가지 사회복지의 혜택 이전에 나는 밥 먹을 자격은 있는가?, 밥값은 하고 살고 있는가?, 내가 한 일 이상의 밥을 먹고 살고는 있지 않은가?, 누구나 양심을 가지고 자신을 되돌아 볼 일이다.

수많은 세계 자동차회사 중에서 가장 낮은 생산량에 가장 높은 연봉을 받는 우리나라에서 가장 큰 자동차회사의 노조원들이 있다. 그

현대자동차 울산공장 파업집회(2012. 7. 3)-국제신문

것도 부족해 해마다 파업을 하면서 도를 넘는 연봉 협상을 시도한다. 양심도 없는 후안무치한 일이다.

'먼저 사람이 되거라.' 코미디언 김병조가 한때 유행시킨 이 말의 뜻은 '최소한 양심을 가지고 살라, 부끄러워할 줄은 알아라'라는 뜻 일 것이다. 양심적인 농부나 상인, 아니 사람의 기본 척도는 자기가 일한 이상의 대가나 이득을 절대 취하려 하지 않는다는 것이다. 그래야만 떳떳하고 두 다리 뻗고 편하게 잘 수 있기 때문이다. 자신의 부당한 이익을 위해 소중한 양심을 팔지 말아야 한다. 모두들 한 번이라도 냉정하게 자신을 뒤돌아보아야 할 것이다. 나는 최소한 밥값은 하면서 살고 있는가.

수오지심(羞惡之心 : 자기의 옳지 못함을 부끄러워하고 남의 옳지 못함을 미워하는 마음)

義在正我(의는 먼저 나를 바르게 하는 데 있다. 내가 바르지 않으면 누구도 따르지 않는다)

성경 말씀에 '매를 아끼면 아이를 버리게 된다.' 우리 속담에 '귀한 자식 매 한 대 더 때린다'는 말이 있다. 교육에서 동서양과 고금이 따로 없다. 매로 자식을 가르치라는 것이 아니라 최후의 방법으로 매를 대서라도 자식을 올바르게 가르쳐야 한다는 뜻이다. 지금의 교육 현장에서는 '꽃으로도 아이를 때리지 말라'는 체벌금지가 법제화 일반화되었다. 교권보다는 학생인권이 우선시 되는 세상이다 보니, 학생과 학부모로부터 폭언과 폭행을 당하면 최대 300만 원의 보험금을 지급받는 교권침해보험이 생겼다. 인기 있는 보험상품이라 하니 상상할 수도 없는 비참한 세상이 되어 버렸다. 빈대 잡으려다 초가삼간 다 태우는 어리석고 황당한 이 학교 교육은 도대체 어디서부터 잘못되고 앞으로 어떻게 해야만 할까! 가르침이 엄하지 않은 것은 스승의 게으름 때문이다. 잘못한 학생을 지적하고 가르치려 하면 수긍은 하지 않고 변명하며 뻔뻔스럽게 대들며 자기 권리만 주장한다. "왜 때려요? 선생님 신고할 거에요." 잘못을 하고서도 부끄러운 줄 모르니 정상적인 학교 교육이 될 리가 없다. 망연자실한 선생님들은 자포자기하며 방관하거나 조기 명예퇴직을 신청한다. 국가 백년의 큰 계획이라는 교육이 이러니 본래의 취지와는 다르게 그 피해가 고스란히 학생들에게 돌아간다. 세상에 이런 모순이 어디 있는가! 체벌이 아니면 최소한 자기 잘못에 부끄러워하는 마음과 반성하는 자세가 있어야 인간이고 학생

정보의 홍수시대 유용한 정보를 취사선택 사용하는 것은 개인의 능력여하에 달려 있다.

이다. 잘못을 부끄러워하고 반성할 줄 아는 것, 그것이 인간된 도리이며, 배우는 자의 기본 자세이다.

'교육은 국가백년의 큰 계획이라.' 개인과 가정, 국가의 흥망이 교육에 달려 있는데 어찌 소홀히 할 것인가. 현대인들은 화장품·가방·시계·옷·자동차 등 명품을 선호한다. '명품'을 쓴다고 바로 '명품 인간'이 되지는 않는다. 그 사람됨과 물건이 어울려야 아름답게 된다. 그 자신이 명품 인간이 되면 그 사람의 모든 물건은 볼품없는 것이라도 명품이 된다. 자기 자신의 아름다운 이름에 걸맞는 이름값을 하는 사람이 되도록 미래의 꿈나무인 학생들을 정성껏 가르쳐야 한다. 세상에 나쁜 이름은 없다. 소중하고 예쁜 이름값을 하지 못하는 사람이 있을 뿐이다. 세상에 이름을 떨치지는 못하더라도 자기 이름에 먹칠하고 부모 이름을 욕되게 하지는 말자. 오직 인간만이 부끄러움을 안다. 부끄러울 줄 알아야 인간이다. 부끄러움을 알게 하는 것이 교육의 시작이다.

삼인성시호(三人成市虎), 증삼살인(曾參殺人 : 여럿이 말한다고 진실은 아니다)

'세 사람이 말하면 시장에 호랑이가 나왔다'는 말도 믿고, 효자인 '증삼이 사람을 죽였다'고 여러 사람이 말하면, 그 어머니도 믿고 놀란다는 이 말은 요즘의 세상에서 뜻하는 바가 매우 크다.

'현대는 정보의 홍수시대'라 통칭한다. 사람들은 복잡다단한 정보의 바다 속에서 허우적거리고 있다. 컴퓨터와 인터넷의 발달 등으로 무분별한 정보의 양산과 오류·남용은 가뜩이나 혼란스러운 현대인들을 더욱 더 정보의 수렁 속으로 빠뜨리고 있다. 정보의 생명과 가치의 효용성은 속도와 정확성에 있다. 쏟아지는 수많은 정보들을 합리적·객관적으로 비판하고 판단하여 유용한 정보를 취사선택해서 사용하는 것은 오로지 개인의 능력 여하에 달려 있다.

문제의 위험성은 유용한 정보보다는 쓸모없는 정보의 과다와 불확실한 정보 가짜 뉴스 등이 판을 치고 있다는 것이다.

요 근래 몇 년 동안을 되돌아보아도 얼마나 많은 가짜 정보와 뉴스가 우리 사회와 국가를 어지럽히고 소용돌이 속으로 몰아넣었나 하는 것은 누구나 익히 인지하는 사실이다. 광우병 파동·세월호 참사·탄핵사태·북한의 비핵화 문제·계엄령 문건·공관병 갑질 사건 등 이루

열거하기 어려울 정도이다.

　보통 사람들은 자기가 좋아하는 정보와 이야기만을 보고 듣고 싶어 하는 경향이 있다. 보고 싶은 대로 보고 믿고 싶은 대로 믿으려 한다. 듣고 싶어하는 정보에는 귀가 솔깃하고 반대의 경우에는 애써 외면하며 터부시한다. 이러한 확증 편향은 자신의 믿음에 맞는 정보는 재빨리 받아들이지만 반대로 나의 판단과 다른 의견이나 정보는 축소하거나 무시하는 심리를 말한다. 이의 부작용을 최소화하는 것은 다양한 정보 수집과 객관적이고 합리적인 교차검증 과정을 통하여 냉철한 이성으로 판단하는 것이다. 특히 과도한 복지 포퓰리즘 문제·병역복무기간 감축 문제를 비롯한 자신과의 밀접한 이해관계가 있는 문제에서는 국가의 존망과 사회의 발전, 다른 집단과 다른 사람의 이익보다는 오로지 자기 자신의 이로움만 생각하고 주장하는 어리석음을 저지르게 된다. 짙은 어둠과 희미한 안개 속을 지혜롭게 헤쳐 나가는 자만이 목적지에 도달할 수 있듯이, 진실과 거짓을 구분할 줄 아는 지혜로운 능력이 있어야 올바른 방향으로 나아갈 수 있다.

　《논어》의 〈위정편〉에 나오는 공자님 말씀이다. 먼저 여러 소리를 들어보고서 그 중에 미심쩍은 것은 옆으로 제쳐두고 그 나머지를 아주 조심스레 말하라. 그렇게 하면 잘못을 덜 하리라. 여러 가지를 찾아보고서 그 중에 문제가 될 만한 것은 옆으로 제쳐두고 그 나머지를 매우 조심스레 실행하라. 그렇게 하면 뉘우치는 일을 덜 하리라. 말에서 잘못을 덜 하고 실행에서 뉘우치기를 덜 하면 안정된 관직 생활이 그 가운데 자리잡게 될 것이다.

　송나라 주회는 견문이 많으면 학문이 넓어지는데 의심나는 것과 위태로운 것을 제쳐 두면 선택을 정밀하게 할 수 있으며, 나아가 말과 행동을 근신하면 자신의 뜻과 태도를 규율에 맞춰 나갈 수 있다고 했다.

맹자는 《서경》을 맹신하는 것은 《서경》이 없는 것만 못하다' 하였으니 지당한 말씀이다. 사상과 이론, 정보와 기술의 선택과 수용은 각 개인의 지혜로운 합리적·객관적·보편적·비판적인 과정을 통하여 받아들이고 판단하는 것이 덜 위험하고 발전적이다.

더 나아가 국가의 발전과 흥망이 예외일 수 없는 것은 당연하다.

작은 것에서 만족할 줄 아는 지혜로운 젊은이

류홍렬

풍요의 시대를 사는 부모세대가 바라보는 대한민국의 미래는 불안하기만 합니다. 바라는 것은 경제적 풍요가 지속되고, 정치적으로 더욱 안정되기를 바라지만 장차 대한민국의 주역이 될 젊은이들은 희망을 잃어가고 있는 듯 보입니다. 분명한 것은 부모세대는 노령화되고 곧 사회생활에서 물러나게 된다는 것입니다. 지금의 젊은 세대가 그 뒤를 이어 대한민국의 정치, 경제, 문화 등을 이끌어가는 주역이 될 것입니다. 젊은 세대가 준비가 되었든 안되었든 시간은 흘러 그런 시기를 맞이하게 될 것입니다.

희망을 잃어가는 젊은이들이 왜 나오게 된 걸까요? 그 희망이라는 것이 진정 이루기 어려운 것일까요? 희망이 이루어지지 않으면 어떻게 될까요? 그리고 부모세대는 이런 젊은이들에게 어떤 기대를 하고 있는 것일까요?

요즘 젊은이들을 가리켜 'N포 세대'라 부릅니다. 'N포 세대'란 사회경제적 압박으로 인해 연애, 결혼, 주택구입 등 많은 것을 포기한 세대를 지칭하는 용어로 포기한 게 너무 많아 셀 수도 없다는 뜻을 가지고 있습니다. 기존 3포 세대(연애, 결혼, 출산 포기), 5포 세대(3포세대 + 내집 마련, 인간관계), 7포 세대(5포 세대 + 꿈, 희망)에서 더 나아가 포기해야 할 특정 숫자가 정해지지 않고 여러 가지를 포기해야 하는 세대라는 뜻에서 나온 말입니다.

군에 입대하는 장병과 대화를 하다 보면(필자는 현역 군인임) N포세대라는 의미는 새롭게 다가옵니다. "과연 무엇을 포기하고 있는가? 왜 포기해야 하는가?"하는 의문이 들 정도입니다. 결혼을 포기한 경우 그 이유는 경제적으로 자립하지 못하기 때문이라는 대답이 대부분입니다. 직장을 구하기 어렵기 때문이랍니다.

어떤 직장을 다니고 싶으냐고 질문해 보면 대부분 번듯한 대기업의 사무직 자리이거나 자영업을 하는 사장 등을 이야기합니다. 그러면서 "3년 내 1억 벌기", 세계 여행가 등을 꿈꿉니다. 삼겹살에 소주 한 잔 하는 행복을 이야기하면 시시하게 생각하고, 월 150만 원하는 직장부터 시작해야 하지 않겠느냐고 하면 기분 나쁘게 생각합니다. 노동 현장에서 일하는 직장은 많이 있다고 조언하면 그런 직장은 싫다고 대답합니다. 친구들과 대화할 때도 거창한 꿈과 미래 설계를 이야기하며 뽐냅니다. 현실을 직시해야 하지 않겠느냐고 말하면 친구들과 지내려면 이렇게 이야기해야 한다는 것입니다. 소소한 꿈을 이야기하면 바보 취급을 받거나 무시당한다는 것입니다.

왜 이렇게 되었을까요? 우리나라에는 외국인 노동자가 대단히 많이 살고 있습니다. 그들은 월급 120만 원의 직장을 감사해하며 근무합니다. 우리나라 젊은이는 그런 직장은 생각하지도 않는데도 말입니다.

내가 학창시절 가졌던 꿈을 떠올려 봅니다, 그때도 판사, 검사, 의사, 과학자 등을 꿈꾸고 지냈습니다. 그리고 공부를 잘하는 친구들은 대부분 그 꿈이 이루어졌습니다. 1970~80년대, 그때는 살기가 어려운 시절이었습니다. 대부분의 친구들은 고등학교를 마치고 직장을 찾아 취직을 했습니다. 일부 능력 있는 소수만이 대학을 갔고, 대학

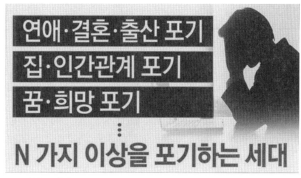

N포 세대 그래픽–YTN 캡처

나온 친구들은 대부분 좋은 위치에 올랐습니다. 이른바 꿈이 현실로 이루어지는 경우가 많았습니다. 그래서 모두가 좋은 꿈을 갖도록 장려되었습니다. 아니 꿈이라도 높게 가지라고 교육받았습니다.

　1990~2000년대에는 경제가 발전하면서 우리의 생활수준이 급격히 향상된 시기입니다. 90년대 후반 IMF 외환위기를 겪기는 했지만 경제는 계속 성장했고, 아파트값과 땅값이 치솟으며 갑작스럽게 부자가 된 이들이 많아졌습니다. 이 시기의 사람들은 경제적으로 풍요롭게 되면서 자식들에게 거는 기대가 더 커졌습니다. 내가 못한 공부를 자식들은 하도록 열정을 쏟았습니다. 부모가 가진 경제력을 바탕으로 앞날을 준비하도록 자녀에게 강요하는 경우가 많아졌습니다.

　지금 20대를 보내는 젊은이들은 대부분 이 시기에 교육을 받고 성장한 이들입니다. 그들이 보고 듣고 배운 것은 부모와 사회가 부를 축적하고 잘 살게 되는 과정이었습니다. 꾸준하고 특별하게 노력했다기보다는 땅과 아파트 등 부동산 가격의 상승으로 갑자기 부를 축적하였거나, 중소기업이던 회사가 대기업으로 성장하고 급여도 대폭 증

가하여 생활수준이 높아졌습니다. 그리고 그러한 부모들은 자녀에게 그 부를 바탕으로 더 좋은 생활, 더 좋은 교육을 해주려고 노력하였습니다. 아니 그렇게 되지 않으면 안 된다고 강요하며 사교육에 몰두하였습니다.

그 결과 지금 젊은이들은 부모들의 기대를 맞추지 않으면 인생의 실패자가 되는 것으로 인식하는 경향이 짙습니다. 그래서 직장을 구해도 대기업의 사무직이어야 되고, 지방에서 근무해야 하는 회사는 대기업이라도 거부하는 상황이 온 것입니다. 물론 젊은이들의 부모가 모두 재력이 있는 것은 아닙니다. 경제적으로 어려움을 겪고 있는 가정의 자녀들도 많습니다. 그들은 과연 현실적인 직장을 구하려 노력하고 있을까요? 그들도 그렇지 않은 것 같습니다. 번듯한 직장을 꿈꾸고 있습니다. 그렇지 않으면 자존심이 상한다고 합니다. 그 결과는 직장을 구하지 못하는 경우가 대부분입니다.

정말 모순된 현상이라 하지 않을 수 없습니다. 부모의 재력이 어느 정도 있으면서도, 사회적으로 생활수준이 많이 높아졌으면서도 취직이 안되 스스로 생활할 수 있는 경제력이 안되고, 그래서 모든 것을 포기하고 살아가는 세대. 그런 와중에 혼자 돈을 모아서 여행을 하고 인생을 즐기겠다는 세대. 부모의 재력이 안 되어도 폼나게 즐기며 살겠다는 세대. 7080세대는 이러한 지금의 젊은이들을 이해하기 어렵습니다. 가정을 꾸려서 알콩달콩 사는 것이 행복한 삶을 사는 지름길이라고 생각하는 7080세대는 해외여행과 맛집 투어를 망설임 없이 하면서도 연애와 결혼을 포기하고 있는 요즘 세대, 자신이 바라는 욕구가 이루어지기 어렵다는 것을 느끼며 실망하고 자포자기에 빠지는 젊은

서울 노을공원에서 바라본 한강의 가양대교와 아파트 단지

이들을 이해하기 어렵습니다.

그런데 앞으로 10~20년 후면 이 젊은이들이 우리 사회의 주력세대가 됩니다. 이들이 20년 이후의 우리 대한민국을 이끌어 나갈 것입니다. 그리고 지금의 부모세대는 이들이 벌어다 주는 경제력을 바탕으로 노후를 살아가야 합니다. 어찌할 것인가요? 어찌하면 좋단 말인가요?

갑자기 지금 젊은이들의 생각이 어떻게 만들어진 것인지 궁금해졌습니다. 부모세대가 젊었을 때는 요즘 세대처럼 여행하고 인생을 즐기려는 생각이 없었는가? 막연하게 행복해져야지 하고 생각도 했지만, 여행도 하고, 세계를 두루두루 돌아보고 싶다고 생각은 했었던 것 같습니다. 그러나 그것은 허황된 꿈이라고 치부하고 당장 먹고 사는 일에 몰두했던 것 같습니다.

그러한 부모세대를 보고 자란 요즘 젊은이들은 어떻게 해서 즐기는 일에 인생의 목표를 두는 것일까요? 부모로부터 배운 것인가요? 부모가 학습을 시킨 것인가요?

분명한 것은 부모의 영향이 크다는 것입니다(물론 언론의 영향도 대단히 클 것입니다). 부모들은 즐기는 인생을 꿈꾸며 현실의 어려움을 이겨내야 했습니다. 외국여행은 못가지만 그런 이상향을 그리며, 그러한 삶이 진정 행복한 삶이라고 부러워했습니다. 그 모습을 바라본 자녀들은 '나는 어른이 되면 저런 삶을 살아가야지.'하며 꿈을 꾸었을 것입니다. 그리고 경제적으로 풍족해진 일부 부모세대는 그러한 삶을 즐기는 이가 많아졌습니다. 그 자녀들은 즐기는 삶이 그저 꿈이 아니라 현실이 되었습니다. 그리고 주변의 일부 젊은이들이 풍요롭게 사는 모습을 바라본 나머지 젊은이들은 그렇게 즐기며 사는 것이 불가능한 것이 아니라고 생각하게 된 것입니다.

거기에 자녀를 위해서는 자신의 모든 것을 희생할 수 있다는 생각을 가지고 있는 부모들은 경제적으로 어렵더라도 자녀의 공부, 외국연수, 세계여행 등을 빚을 내서라도 지원하는 경우가 많아졌습니다. 지속적으로는 못해줘도 한두 번 쯤이야 해줄 수 있다는 마음으로 해보라고 합니다. 그것을 경험한 자녀들은 그렇게 사는 것이 당연한 것인 듯 받아들이는 경우가 늘고 있습니다. 그리고 자신이 노력하지 않아도 그런 호사를 누리는 생활이 주변에서 많이 일어나고 있고, 자신도 그런 호사를 누릴 자격이 있다고 믿게 되었습니다.

문제는 부모가 자녀를 끝까지 책임져주지 못한다는 데 있습니다. 부모의 재력은 더 이상 성장할 수 없는 시기가 옵니다. 그 이후에는 사용하면 할수록 재력은 줄어만 갑니다. 생활을 유지하려면 새로운 돈벌이가 있어야 합니다. 그 몫은 결국 자녀에게 돌아가게 되어 있습니다. 그런데 자녀는 현재의 생활을 유지할 만큼의—때때로 즐기고 여행 등을 할 만큼의—돈벌이를 할 능력이 갖추어져 있지 않습니다. 그도 그럴 것이 사회 초년생의 수입이 사회 베테랑(부모)의 수입을 따라갈 수가 없는 것은 당연한 일입니다. 부모는 은퇴를 하고, 자녀가 직장을 잡아 가정을 꾸려 간다면 그 가정의 생활은 부모가 절정이었던 시기와 똑같이 생활할 수는 없는 것입니다.

   다행인 것은 각종 언론매체에서 고령화사회로 접어드는 한국의 문제를 제시하기 시작한 것입니다. 청년창업, 일자리 늘리기, 청년의 귀촌귀농 등을 언론을 통하여 자주 접할 수 있습니다. N포 세대에 대한 문제를 제시하면서 현실과 동떨어진 젊은이들의 꿈을 다시 현실에 맞도록 제시하는 다큐멘터리가 늘고 있습니다. 젊은이들이 한국사회의 중심세대가 될 날을 준비하는 분위기가 늘고 있는 것입니다.

   군에서 만난 병사들의 의식도 많이 변화하고 있음을 느낍니다. 약 10년 전(대대장 시절)의 병사들은 단기간에 돈을 많이 모아서 폼나게 살겠다는 꿈을 대다수가 이야기했습니다. 그런데 요즘은 많은 병사가 미래의 꿈을 아주 현실적으로 세우고 군대에서도 이를 준비하고 있습니다. 요리, 자동차 정비, 중장비 기사 자격증 등등 전역 후 일할 수 있는 분야의 자격증을 공부하고 군복무 기간 중 자격증을 획득하는 사람이 늘고 있습니다. 자신이 잘 하는 분야를 찾아서 미래에 대한 실질적인 준비를 하고 있습니다.

기성세대의 노후 준비도 바뀌고 있습니다. 직장을 은퇴한 이들은 쉬는 것이 아니라 제2의 직장을 구하고 있습니다. 구하는 직장은 대부분 젊은이들이 꺼리는 직장입니다. 아파트 경비, 택배기사, 택시기사, 귀촌귀농 등 대부분 월수입 200만원 안팎의 직장입니다. 그리고 그 일을 70~80세까지 이어가려고 합니다.

우리 대한민국은 풍요로운 사회가 되었습니다. 정치, 경제, 사회적으로 생산기반이 구축되어서 생활수준이 선진국 대열에 올라섰습니다. 여기에 교육 수준도 세계 수준입니다. 한민족의 지능은 세계 제일입니다. 우리는 이러한 한민족의 후손이기에 하려고 마음만 먹으면 못 이룰 것이 없습니다. 지금까지 젊은 세대가 N포 세대로 불리는 이유 중의 하나는 전망의 부재가 아닌가 합니다. 젊은이들이 다양한 꿈을 꾸어야 하는데 부모세대로부터 배워온 바는 천편일률적인 꿈이 아니었나 생각이 듭니다. 그리고 많은 젊은이들이 그 꿈을 향해 경쟁하게 되었고 그래서 꿈을 포기하고 좌절하는 이도 늘지 않았나 생각이 됩니다. 다양한 꿈을 꾼다면 이루는 사람이 많아질 것입니다. 모두가 부자가 되는 것을 꿈꾸지 않고, 다양한 직업을 갖고 그 분야에서 인정받으며 소소한 행복을 누리는 꿈을 꾸게 된다면 쉽게 이루지 않을까요?

성경에는 심판의 날에 행위에 합당한 것을 받게 된다고 쓰여 있습니다. 선행을 베푼 사람은 천국으로, 악행을 저지른 죄인은 지옥으로 간다고 합니다. 지고의 진리입니다. 이러한 세상이 되면 얼마나 좋을까요?

요즘 갑질과 관련된 뉴스가 많이 나옵니다. 대기업 사장이, 임원이 직원들을 때리고 욕하고 괴롭히는 모습을 TV를 통해 많이 보았습니다. 과연 이런 사람들이 성공한 인생을 사는 사람이라 할 수 있을까요? 우리는 경제적으로 잘 살지만 갑질하는 사장을 존경하며 부러워해야 할까요?

젊은이들은 과연 이런 사장의 모습을 꿈꾸고 있나요? 반면에 평생 동안 맛있는 것을 먹지도 못하고 폐지를 주우며 모은 돈을 어려운 사람을 돕는 일에 기부하는 노인도 있습니다. 이 노인과 갑질하는 사장 중 누구를 존경해야 할까요? 부모세대가 한국사회의 중심이 될 젊은이들에게 바라는 것은 무엇일까요? 부모의 이루지 못한 꿈을 이루어주기를 바랄까요? 사실 부모들은 그렇지 않습니다. 부모들은 자녀들이 가문을 일으켜 세우기를 바라는 것이 아니라 자녀들이 경제력을 갖추고, 나아가 어려움 없이 생활해 나가기를 바라고 있습니다. 부자가 되기를 바란다기보다는 평범하게 일정 수입이 있으면서 가정을 꾸려 알콩달콩 살기를 바랍니다. 부모가 옆에서 도와줄 수 있으면 힘 닿는 대로 도와주려고 합니다. 자녀들이 온전히 가정을 이루고 평온하게, 행복하게 살기를 바랍니다. 장차 대한민국의 미래를 이끌어갈 주인공은 바로 젊은 세대입니다. 부모세대인 저는 젊은이들이 각자 자신이 좋아하고 잘하는 분야에서 일을 하고, 그것으로 자아실현을 하고 행복하게 살아가기를 소망합니다.

더불어 오랜 세월 군인의 외길을 걷고 있는 나의 간절한 소망이 있다면 젊은이 여러분들의 크고 작은 꿈이나 소망은 국가라는 큰 울타리가 튼튼할 때 이룰 수 있음을 깨닫는 것입니다.

젊은이여 진실과 정의를 위하여 분노하라
조세빈

수레는 양바퀴로 간다는 말이 있습니다.

이는 치우치지 않는 균형감각의 중요성을 말하는데요. 종북세력들은 이 말을 교묘하게 왜곡해 좌익과 우익의 균형된 사회가 이상적인 것처럼 말하고 있어 문제가 심각합니다.

우리나라는 결코 좌익 즉 공산주의나 사회주의를 인정하지 않습니다. 대한민국은 자유민주주의 국가임을 헌법으로 천명하고 있고 모든 국민은 그렇게 알고 있습니다. 그러나 어느 순간부터 좌익사상이 우리 사회의 한계를 극복하고 발전시켜 줄 것처럼 국민을 선동하고 북한 찬양은 물론 추종까지 하며 대한민국을 비하하고 정통성을 부정하고 있습니다. 이는 대한민국 헌법과 국민의 의사에 반하는 반역인 것입니다.

우리는 북한 독재정권에 대한 결사적 투쟁을 해왔습니다.

분단 이후로 지속된 체제전쟁의 결과 대한민국은 자유민주주의를 수호하며 세계 10위 경제대국으로 성장하며 선거를 통한 지도자 교체, 종교의 자유, 주거의 자유, 언론집회의 자유를 통해 민주주의를 꽃피워 왔습니다. 그러나 북한은 세계에서 유례가 없는 삼대세습 독재 속에서 하루 세 끼 먹고 살기도 힘든 가난에 주민 300만이 굶어 죽었고 현재까지 자행되는 20만이 넘는 정치범 수용소의 인권탄압은 전 세계에서 최악이라 하겠습니다. 지도자를 선출하는 선거, 종교의 자유, 주거의 자유, 직업선택의 자유, 언론집회의 자유는 북한 주민들에겐 꿈도 못 꾸는 것들입니다.

이념의 옳고 그름을 떠나 생각해 봅시다.

인민이 주인인 세상이 참세상이라며 주민을 선동하면서도 가혹한 독재를 해 온 북한 삼대세습 독재정권은 당장 타도되어야 할 대상인 것이 증명되었습니다. 이들과 그 추종세력이 북한의 핵무기 폐기 없이 평화를 이야기하고 삼대세습 독재를 유지하며 민주주의를 이야기하고 정치범 수용소 인권탄압이라는 만행을 자행하면서 남조선 인민해방을 위한 통일을 말하는 것은 모순입니다.

우리가 원하는 통일은 자유민주 통일입니다.

우리는 결코 북한의 삼대세습 독재체제에 굴종하는 통일을 용납할 수 없습니다.

그 이유는 우리는 북한 삼대세습 독재체제의 노예가 되는 것을 거부하고 인간다운 삶을 살 수 있도록 북한 동포를 해방시켜야 할 역사적인 사명이 있기 때문입니다.

따라서 핵무기 폐기와 삼대세습 독재체제 포기를 통한 북한에서의 자유민주주의 실현을 약속하고 이에 대한 구체적 시행이 없는 한 북한 삼대세습 독재체제와 그 추종세력을 믿을 수 없는 것입니다. 그러므로 우리는 무조건적인 통일을 반대하는 것이며 반드시 자유통일이어야 하고 대한민국의 지속 성장과 번영을 통해 온 국민이 행복할 수 있는 통일을 추구하는 것입니다. 아무리 종북세력이 회색분자의 탈을 쓰고 감상적 민주주의와 거짓 평화쇼의 통일선동으로 본질을 흐리더라도 국민은 속아 넘어가지 않을 것이며, 애국국민들은 이 땅의 공산세력과 종북세력을 반드시 척결할 것입니다. 이는 자유대한민국 수호와 부국강병, 자유통일을 위해 필수적으로 선결해야 할 시대적 사명이기 때문입니다.

어둠에 지쳐 잠든 자는 새벽을 맞지 못 하나니
청년아 눈을 떠라!
가슴과 귀를 열어라!
무엇을 망설이는가?
아직도 동트기 전의 저 어둠과 추위가 두려운가?
박차고 일어나라!
온 몸으로 달려나가 투쟁의 광장에 우뚝 서라!

두려워마라.
너의 삶은 짧아도 영원하리라!
불꽃처럼 타올라 한번 죽어 영원히 사는 용사가 되자!

화산처럼 폭발하며 일어서라.

삼대세습 독재체제의 북한　원내는 제7차 당대회에서 연설하는 김정은

너의 숨결은 천지를 울리는 북소리!
공산세력 척결과 자유민주주의 수호!
부국강병과 멸공통일의 선봉에 서서
너는 뜨거운 불꽃으로 피어올라야 한다.

국군을 무장해제하고 평화를 구걸하는 무리!
피땀으로 이룬 성장과 번영을 망치는 무리!
역사를 부정하고 삼대세습 독재에 굴종하는 무리!
거짓과 조작, 음모로 국민을 공포로 몰아가는 무리!
이들은 대한민국을 부정하는 반역의 무리이다.

태극기 휘날리며 강철주먹 불끈 쥐고
이 땅의 마지막 투사로 일어서는 청년아!

폭발하는 화산처럼 과감하게 달려 나아가
울분과 굴욕의 세월을 끝장 내고
반역의 심장에 칼을 꽂자!
너는 꽃잎처럼 쓰러질지라도
너의 붉은 피와 따뜻한 살은 역사에 새겨지고
너의 애국심 깊은 뼈는 이 땅의 숨결로 남아
세월이 흐를수록 되살아나 영원하리라.

청년아!
대한민국의 희망이요 상징이며 참주인인 청년아.
너는 불의를 치는 정의의 칼이 되어
어둠에서 광명을 찾는 후대의 지표가 되어라.

내 사랑하는 청년아!
대한민국의 희망이요 미래이며 참주인인 청년아!
모두가 잠든 어둠의 끝에서 새벽을 깨우는
위대한 이름인 대한민국의 청년아!

정의의 칼을 비껴 차고
신념의 투구 눌러 쓰고 애국의 갑옷 단단히 입고
영광스런 투쟁의 광야로 달려나가
반역의 심장에 칼을 꽂자!

거짓과 음모로 가득한 반역을 끝장내자!
부국강병으로 누구도 넘보지 못 하는 나라!
그 시대적 사명 위에서
어둠을 끝장내고 광명 가득한 세상을 부르는
이 땅의 새벽을 깨우자!

내 사랑하는 청년아.
대한민국의 상징이요 희망이며 참주인인 청년아.
신념의 투구 눌러 쓰고 애국의 갑옷을 단단히 입고
정의 칼을 비껴 잡고 투쟁의 광장으로 달려 나와
반역의 심장에 칼을 꽂자!

나는 무엇을 하며 어떻게 오늘을 사는가?
– 행복한 미래를 소망하는 그대들에게
서병익

금세기의 석학 앨빈 토플러(Alvin Toffler)는 그의 저서 《제3의 물결》에서 앞으로 전개될 문명사적 전환기인 21세기에는 경제·사회·문화 등 모든 분야에서 엄청난 도전의 물결이 밀려온다고 했다.

이러한 격동의 시대에 통일된 조국. 평화로운 세상. 잘사는 나라를 염원하는 오늘의 우리는 과연 무엇을 하면서 어떻게 살아야 하는가?

어려웠던 시대에 평생을 2세 교육에 몸 담았던 한 교직자로서 온고이지신(溫故而知新)의 마음으로 힘들었던 지난날을 돌아보고 행복한 미래를 소망하며 앞으로 우리가 나아갈 길을 생각해 보고자 한다.

1. 발전된 오늘의 대한민국은 폐허에서 이루어낸 희생과 인내로 이루어낸 기적이었다

우리 민족은 오랜기간 많은 어려움을 겪어왔다.

근세에는 36년간 일본 식민지 통치 하에서 억압과 수탈을 당했고 해방이 된 후에는 새로운 세상을 염원하던 우리 민족이 북한 공산주의자들에 의한 남침으로 전 국토는 쑥대밭이 되어 폐허가 되었고, 온 국민은 가난과 굶주림으로 허덕여야 했다.

북한의 남침으로 폐허가 된 서울 도심

공산치하 기간에 남으로 피난하지 못한 사람들은 온갖 탄압과 강제부역에 시달렸고 젊은 사람들은 이른바 인민군이라는 이름으로 강제로 징집되어 전쟁터로 끌려가야만 했다.

3년 이상 계속된 6·25한국전쟁으로 450만 명이 죽거나 다쳤고 22만 7748명의 한국군과 3만 3629명의 미군, 3194명의 유엔군이 전사하는 참혹한 피해도 입었다.

그뿐만 아니라 산업시설 43%와 주택의 33%가 파괴되는 등 전 국토는 폐허로 변해 온 국민은 절망적이었다.

먹을 것이 없어 구걸하는 걸인들과 전쟁을 피해 고향을 떠나온 400여만 명의 피난민들로 부산을 비롯한 남부지방은 주택난·식량난·전력난·식수난 등으로 어려움을 겪어야 했다.

보릿고개 춘궁기가 되면 칡뿌리·쑥잎으로 겨우 허기를 채워야 했고 외국 구호물품으로 추위를 견뎌야 했다.

학생들은 학교 지붕이 날아가고 유리창이 깨져서 눈보라가 몰아치는 교실에서 가마니나 헌종이로 겨우 눈비를 막고 추위에 떨며 흙바닥에서 공부를 해야 했다.

이렇게 어렵고 가난했던 1953년 당시 우리나라 1인당 국민소득(GNI)은 아프리카 후진국보다도 낮은 67달러로 세계 최하위 국가였다.

전 국토가 파괴되어 가난에 허덕이고 무능과 부패로 나라가 어지러울 때 잘사는 나라. 도약하는 희망의 국가로 발전시키는 계기를 마련한 것은 박정희 대통령의 결단에 의한 경제개발 계획과 추진이 있었기에 가능한 일이었다.

근면·자조·협동의 새마을정신과 조선과 해운·석유화학·철강 등의 기간산업 육성으로 1948년 1900만 달러 수출에 불과하던 우리나라가 1977년에는 100억 달러 수출을 달성함으로써 오늘의 발전된 대한민국 발전의 기초를 다지는 큰 역할을 했으니 얼마나 다행한 일인가?

전쟁 후 폐허의 최빈국이었던 한국이 한강의 기적을 이루고 이제는 국내총생산(GDP)이 미국·중국·일본·독일·인도·프랑스·영국·이탈리아·브라질·캐나다에 이어 세계 11번째로 잘사는 국가가 되었다.

2019년에 연간 수출액이 세계 7번째 수출국가로 4000억 달러에 이르니 70년 전에 비해 무려 2만 배로 성장했다.

온갖 시련과 어려움을 이겨내고 오늘의 잘사는 나라를 이룩한 우리 민족은 얼마나 위대한 민족인가를 우리 스스로가 알아야 한다.

부산항 컨테이너 부두

 6·25한국전쟁 때 우리나라에 지원군을 파견하고 경제원조를 했던 필리핀은 오늘날 세계 39위에 머물러 있고, 우리 국민이 선망하는 뉴질랜드는 현재 52위 국가일 뿐이다.

 우리는 오늘의 발전된 기적의 대한민국을 이루어낸 우리의 아버지, 할아버지 세대에 감사하며 우리가 이룩한 이 조국을 아들 딸 후손들에게 물려줄 책임도 통감해야 한다.

 우리는 오늘의 정치적 혼돈을 바로잡고 흔들리는 자유민주주의 국가 수호 의지를 더욱 굳게 하고 잘사는 나라 평화로운 국가건설을 위해 내가 할 일을 알고 바르게 행동하는 것이 오늘의 우리가 해야 할 마땅한 도리이고 책무가 아닌가 생각한다.

2. 꿈과 희망을 잃고 좌절하는 젊은이들에게

오늘의 젊은 세대들은 갈수록 좁아지는 취업문으로 말미암아 실망과 좌절 속에서 매일을 사는 모습이 안쓰럽기만 하다.

높은 실업률과 고용절벽 등이 겹치면서 연애·결혼·출산을 포기해야 하는 '3포' 시대에 좌절하며 절망의 나날을 보내는 젊은이들에게 우리들은 위로와 격려를 보내야 할 시기가 아닌가 생각한다.

많은 자격증과 최고의 조건을 갖춰도 취업문이 좁은 우리나라 20대 청년실업률은 세계경제협력개발기구(OECD) 회원국 평균 실업률 14.4%보다 훨씬 높은 23.4%에 이르고 있다.

최근 코로나19의 영향으로 취업의 문은 더욱 좁아지고 경제전망도 밝지 않은 오늘을 사는 우리 젊은이들은 오늘의 어려운 현실을 어떻게 극복하고 개척해야 할까 ?

이제는 냉정하게 자신을 돌아보고 새로운 현실에 맞는 선택을 해야 할 때가 되지 않았나 생각한다.

중소기업에서는 인력난이 심해 외국 노동자들로 채워져도 우리 젊은이들은 보수가 좋은 대기업이나 공기업, 금융기관만 선호하고 있지 않은지 자신을 돌아봤으면 한다.

오늘의 현실은 내가 바라고 희망한다고 좋은 직장을 쉽게 구할 수 없음에도 지나친 욕심에 매몰되어 현재의 사회현실을 인식하지 못하고 이루기 힘든 꿈들에만 매달리고 있지 않은지?

자신감을 가지고 어떤 어려움도 이겨낼 실력을 키우면 좋은 기회는 오게 마련이다.

고양 청년일자리 박람회 포스터

　기회는 주어지는 것이 아니라 스스로 만드는 것임을 알자.

　시련 없이 성취는 쉽게 이루어지지 않기 때문에 최선을 다하는 노력과 용기를 당부해 본다.

　로마 철학자 세네카가 '어떤 일에 최선을 다해 도전하는 사람이나 목표를 세우고 끊임없이 노력하는 사람은 인생의 승리자이다'라고 말한 명언처럼 시련과 고통이 와도 쉽게 좌절하지 말고 목표를 세워 도전해야 한다.

　인생의 행복과 불행, 성공과 실패는 자신의 의지와 기본자세에서 비롯됨을 알았으면 한다.

　부모나 국가가 내 인생을 책임질 수 없기에 어떤 어려움도 내가 감내하고 개척할 수밖에 없기 때문이다.

길가에 무수히 짓밟히는 억새풀도 새봄이 되면 새싹을 틔우고 힘차게 다시 피어나듯 우리 젊은이들도 오늘의 고통과 어려움을 잘 이겨내고 삶에 대한 희망을 잃지 않아야 한다.

높은 열과 심한 두드림의 과정에서 고급 첨단기술의 열매인 소중한 소재(素材)가 생성되듯 한때의 시련과 고통이 보다 나은 내일의 행복을 얻는 기회가 될 수 있도록 슬기롭게 이겨내야 한다.

멋지고 좋아 보이는 대기업 직장만 바라보지 말고 주위의 일터에 관심을 가지고 직장을 찾아보면 일할 곳은 수없이 많다.

'안된다' '못한다' '힘들다'고 시작도 해보지 않고 포기하는 사람이 아니라 매사에 적극적으로 도전하는 능동적인 사람이 되었으면 한다.

시작도 하지 않고 망설이면 이루어지는 것은 아무것도 없다.

돈 때문에 일을 하지 말고, 일을 하면서 행복을 찾는 슬기로운 젊은이가 되길 기대하며 절망 속에서 오늘을 사는 젊은이들에게 용기와 격려를 보낸다.

3. 행복한 삶을 기대하며 오늘을 사는 그대에게

사람들은 누구나 저마다의 꿈과 희망을 가지고 행복한 삶을 기대하며 하루를 살아간다.

모든 사람이 추구하는 행복은 과연 무엇일까?

국어사전에서는 행복(幸福, Happiness)은 '복된 좋은 운수. /생활에서 충분한 만족과 기쁨을 느끼어 흐뭇함. 또는 그러한 상태'라고 정의하고 있다. 사람마다 원하는 욕구가 다르고 만족도가 다르지만 많은 사람들은 오늘의 삶이 어려워도 보다 나은 내일을 기대하며 살아간다.

성철 스님의 '禪僧 五戒'
①하루 3시간 이상 자지 말 것.
②아무 얘기도 하지 말 것.
③책 보지 말 것.
④간식하지 말 것.(졸음 온다)
⑤돌아다니지 말 것.

성철 스님

2019년 12월에 조사한 우리나라 국민이 의식하는 행복지수 조사에서 100점 만점에 42점으로, 많은 사람들이 자신의 생활에 만족하지 못하고 불행한 삶을 살고 있다고 응답하였다.

우리 국민의 삶이 정말 불행하고 불만스런 삶일까?

내가 살고 있는 오늘이 불행하지 않음에도 끝없는 욕구에서 오는 불만 때문에 스스로 불행하다고 생각하는 것은 아닐까?

자신에게 스스로 묻고 다시 생각해야 한다.

인간의 욕구는 끝이 없어서 1000원을 가지면 1만 원을 욕심내고, 1만 원을 얻고 나면 1억 원을 가지고 싶어하는 인간의 끝없는 욕구에서 비롯된 불만은 아닐까?

작은 것에 감사하고 절제하는 마음이 없으면 그 어떤 것에도 만족하지 못하는 욕심 때문에 행복은 느낄 수 없게 마련이다.

남과 비교해서 자기 스스로를 불행하다 생각하지 말고 현재의 나를 긍정적으로 돌아보며 기뻐하고 감사해야 한다.

인생은 희극처럼 살아도 짧고 소중한 시간의 연속일 뿐이다.

"지금 이 순간이 행복하면 이곳이 천당이고 이 순간이 불행하면 이곳이 지옥이다."라고 말한 성철 큰 스님의 말씀처럼, 어떤 마음으로 사느냐에 따라 하루의 삶이 달라짐을 알았으면 한다.

노력은 하지 않으면서 좋은 결과만을 기다리는 것은 어리석은 짓이다.

좌절과 어려움이 있을 때마다 자신을 냉철히 성찰하면서 원인을 찾아야 한다.

"내일 지구의 종말이 온다 해도 나는 오늘 한 그루의 사과나무를 심겠다"라고 말한 독일 종교 개혁가 마틴 루터의 말처럼 여유와 끈기를 가지고 행복을 찾았으면 한다.

달팽이는 달리는 노루를 부러워하지 않고 바다에서 느리게 헤엄치는 해파리는 하늘을 나는 종달새의 날갯짓에 신경쓰지 않는다고 한다.

자기가 처한 현실에 만족하고 불평하지 않을 때 행복을 느끼며, 행복은 먼 곳에 있지 않고 내 마음속에 있음을 알 때 행복하기 때문이다.

나에게만 아픔이 있고 나에게만 고통이 있는 것처럼 생각하지 말고 누구에게나 불편함과 어려움이 있지만 이것을 슬기롭게 헤쳐가는 이웃들의 지혜를 배웠으면 한다.

　오늘 이 순간에도 '걸을 수만 있다면! 들을 수만 있다면! 하루라도 더 살 수만 있다면…!?' 하고 애타게 바라는 많은 사람들의 절규를 생각하면서 오늘의 나 자신을 돌아보면 분명히 지금의 자신만으로도 감사하고 행복해야 할 일이 많음을 발견할 것이다.

　부자가 되지 못해도, 빼어난 외모가 아니어도, 지혜롭지 못해도, 내가 자랑스럽지 못해도 말할 수 있고 움직일 수 있고 생각할 수 있는 내가 있음에 행복하고 감사하는 매일이 되도록 스스로 노력해야 한다.

　행복은 결심이요 결정이기 때문에 작은 것에도 감사하면 그곳에 행복이 있고 만족이 있게 마련이다.

　헛된 욕심과 꿈 때문에 스스로를 불행이라는 늪 속으로 던지지 말고 현재의 작은 일에서 행복을 찾는 그런 삶이 되도록 노력하자.

　뜻이 있는 곳에 길이 있고 마음을 비울 때 행복이 있음을 아는 지혜로운 사람으로 평생 웃음꽃 환한 매일 되길 기원드리며, 행복한 내일에 성원을 보낸다.

　행복한 나날 되소서! 건강한 나날 되소서!

우공이산愚公移山의 기적을
이정근

 곡성 하면 왠지 무시무시한 '영화'가 먼저 떠오르고 순창 하면 뭐니 뭐니 해도 '고추장'이다. 아버지는 전남 곡성이 고향이고 어머니는 전북 순창 분이다. 난 매일 끼니를 걱정할 만큼 넉넉하지 못한 작은 시골마을에서 4남 2녀 중 막내로 태어났다. 행운일까? 불운일까? 지난 시간을 반추해보면 풍족하지 못했던 탓에 배고픔의 아픔을 겪어보고 남몰래 눈물 아닌 눈물을 흘려 보내는 과정을 통해 웬만한 시련과 풍파에는 쉽사리 흔들리지 않는 단단함이 자생하지 않았나 하는 생각이 든다.

 내 고향은 충남 아산이다. 부모님께서는 여러 사정으로 내가 태어나기 전에 아산으로 이사를 하셨다. 아산만(경기 평택시와 충남 아산시·당진시 사이에 있는 만) 인근에 자리한 작은 동네에 웃음꽃이 피어날 때면 보통 우리집이었다. 그 시대를 견뎌낸 사람은 한 번쯤 경험해봤겠지만, 우물가의 물로 허기진 배를 채워가며 공부하고 바람 빠진 공을 굴려가며 운동장을 뛰어다녔던 시절, 똑 부러지게 공부를 잘한 형이 있어 늘 작은 동네의 자랑거리였다. 집안 형편상 형은 학업을 계속할 수 없었다. 공부하는 것을 일찍이 단념하고 돈을 벌기 위해, 아니 살아내기 위해 산업전선에 뛰어들었다. 서울로 상경하여 기술을 익혀 지금은 어엿한 사장님 소리를 듣고 사니 나름 성공한 셈이다. 그래도 마음 한 구석엔 공부를 계속했더라면 다른 인생을 살았을 텐데라는 아쉬움이 남아 있을지도 모른다. 내가 보기에 그만큼 똑똑했기 때문이다. 위로 두 명의 누나가 더 있다. 어려운 시절을 꿋꿋하게 이겨내고 지금은 좋은 가정을 꾸려 행복하게 살아가고 있다.

나 역시 형 못지않게 꽤나 공부를 잘했다. 남달리 책 보는 것에 취미가 있었고 공부를 잘한 덕분에 마을 어른들로부터 영특하다며 칭찬을 많이 들었다. 부모님으로부터 좋은 유전인자를 물려받기도 했지만 그 보다는 어려운 농사일이 싫어서 공부를 하겠다고 마음먹었기 때문이다. 그 결과 매번 우등상장을 놓치지 않는 부모님의 자랑거리 아들이었다.

아산에 있는 남창초등학교와 둔포중학교를 좋은 성적으로 마치고 좀 더 나은 환경에서 경쟁하면서 공부하기 위해 당시 막 개교한 천안 북일고등학교에 진학하여 힘겨웠지만 학업을 이어가게 되었다. 그런데 남들은 참 쉽게 다니는 것처럼 보이는 고등학교를 왜 그리도 힘들게 다녔던지, 그 이유는 집안 형편상 학비와 하숙비를 낼 만큼의 여유가 없었기 때문이다. 급기야 부모님은 하숙비라도 아끼기 위해 시골집에서 다닐 수 있는 평택고등학교로 전학을 권유하셨다. 외삼촌이 전학에 필요한 서류준비를 모두 마쳤으니 시골학교로의 전학은 기정사실로 굳어져갈 때쯤이다. 담임 선생님께서 버스를 세 번이나 갈아타고 아산에 있는 우리 집으로 찾아오셔서 부모님을 설득했다. "정근

이가 영민하여 공부도 잘하고 모범적으로 학교생활을 하고 있으니 아드님의 미래의 꿈을 위해서라도 천안북일고에서 계속 학업을 이어갈 수 있도록 기회를 줄 것"을 권유한 것이다. 아마 여느 부모도 마찬가지의 결정을 하지 않았을까 하는 마음도 들지만 당시 우리 집의 형편이 그렇지 못했기에 쉽게 결정할 수 없었던 부모님의 심경이 어렴풋이 그려진다. 아이의 미래를 위해서라는 그 말에 부모님은 아들을 전학시키지 않겠다고 결심하셨고, 그 덕분에 난 천안북일고에서 계속 공부를 할 수 있게 되었다.

난 풀었던 봇짐을 다시 꾸려서 기숙사가 있는 학교로 발걸음을 되돌릴 수 있게 되었다. 막내아들을 위해 고생하셔야 했던 부모님이 못내 안쓰러워 쉽사리 발걸음이 떨어지지 않았다. 천안행 완행버스에 몸을 실어 이동하는 동안 깊은 생각에 잠길 수밖에 없었다. 가슴속으로부터 끓어오르는 눈물을 억지로 참아내며 내심 작심했다. 이제는 정말 열심히 공부하는 정도가 아니라 그야말로 죽기 살기로 공부에 전념하여 부모님의 경제적인 어려움을 덜어드려야겠다는 마음뿐이었다.

정성을 다해 노력하는 이는 당해낼 수 없는 것 같다. 학업에만 몰두한 끝에 나의 간절한 바람대로 장학생이 되어 학비를 제공받으면서 학교생활을 할 수 있었다. "항상 미래를 위해 도전하는 삶, 비록 지금 가진 것이 없을지라도 꿈이 있으면 꼭 성공할 수 있을 것이다"는 담임 선생님의 애정어린 말씀이 어느덧 내 나이 육십을 바라보는 지금

천안 북일고등학교-중앙일보

에도 귓전에 생생하게 맴돈다. 어쩌면 지금 별 셋을 단 대한민국 육군 중장의 위치에 올라와 있으니 나름 성공했다고 해도 되지 않을까 싶기도 하다.

그러면서 가진 돈이 없어 고등학교에 다닐 수 없는 어려운 형편에 처해 있는 이들을 잠시 떠올려본다.

우여곡절을 겪으며 아련한 추억을 간직한 채 고등학교 생활을 마쳐야 했다. 그 시절만 해도 대학에 진학하는 것은 돈이 좀 있는, 가정형편이 넉넉한 이들에게 부여되는 특혜와 같은 것이었다. 실력도 중요했지만 경제적인 뒷받침이 없으면 감히 엄두를 낼 수 없는 것이었다. 고등학교를 마치면서 나에게도 새로운 세상, 돈의 굴레에서 벗어나 하고픈 것을 마음껏 할 수 있는 더 넓은 세상이 기다리고 있을 것이라고 여겼다. 그래서 더 슬펐는지 모른다.

　세상을 향한 그 첫 관문이 대학이었다. 어쩌면 인생의 쓴맛을 뼈저리게 경험한 가슴 저린 시기이기도 하다. 당시 서울대에 합격하면 고등학교 장학재단에서 전액 장학금을 지원받아 학교를 다닐 수 있었는데 덜커덕 낙방하여 기회를 놓치게 된 것이다. 공부하는 것이 좋았고 공부가 가장 자신 있었는데 그것 참 큰일이 아닐 수 없었다. 부모님을 뵙기도 친구들을 보기에도 영 낯이 서질 않았다. 무엇보다 나자신에 대한 실망감이 더 컸다. 내 모든 꿈이 산산이 부서져 버린 심정이었다.

　전기에 낙방하고 후기에 서울시립대를 지원하여 합격했다. 당시에는 대학입학 시험을 전기와 후기로 두 번 나누어 보는, 별개의 시험 제도를 실시하고 있었다. 서울시립대에 합격했지만 학비를 마련할 수 없었다. 어쩔 수 없이 대학진학을 포기해야만 했다. 그렇지만 가난이라는 굴레에서 여전히 벗어나지 못하는 가정형편을 탓하고 싶지는 않았다. 조금만 더 열심히 했었더라면 하는 자책을 했을 뿐이다. 함께 공부했던 친구들은 저마다 낭만을 꿈꾸고 청춘을 꽃피울 수 있는 대학에 진학하게 되었는데 난 여기에서 포기할 것인가? 그럼 앞으로 무엇을 할 수 있을까? 여러 생각에 사로잡히면서 자칫 방황의 길로 빠질 수도 있었던 때이다. 슬픔도 잠시, 난 현실을 직시하고 시골집으로 내려왔다. 부모님이 느끼는 실망감도 이만저만 아니었을 것이다. 그런데도 막내아들이 걱정되어 아쉬운 내색을 전혀 하지 않으셨으니 내 마음 한 구석은 더더욱 아플 수밖에 없었다. 그 순간에도 마음 한 구석에선 한 번 더 해보겠다는 다짐을 하며 재수를 생각해 보기도 했지만 차마 입 밖으로 그 말을 꺼낼 수가 없었다.

그러던 차에 일단 시골집에서 벗어날 수 있는 기회가 찾아왔다. 숨

국립 서울대학교 정문 조형물

을 쉴 수 있는 구멍을 찾은 것이다. 당시 형이 과거 특전사령부가 위치했던 서울 거여동에서 친구 분과 함께 조그마한 회사를 차려 운영하고 있었는데, 회사에 들어와서 돈을 벌며 공부하기를 권유했고, 난 그렇게 하기로 했다. 말이 좋아 취업이지 그야말로 중노동이나 다름없는 막노동이었다. 지칠 대로 지쳐 버린 내 육신은 책에서나 있을 법한 주경야독을 쉽게 허락하지 않았다. 한 달에 8만원씩 받은 월급을 꼬박꼬박 모았다. 아마 6개월쯤 일을 한 것 같다. 더 이상 이곳에서 일을 하면 대학은커녕 내 인생이 어떻게 될지 감감했다.

그렇게 안 입고 안 쓰고 50여만 원을 모아 왕십리에 있는 학원에 등록하게 되었다. 당시 다니던 회사 사장은 돈이 꽤나 많아 보였다. 그런데 그 사장에게도 고민이 있었다. 사장 아이들이 공부를 좀처럼

하지 않았던 모양이다. 아이들에게 공부를 가르쳐 달라는 것은 아니었지만 함께 공부해 줄 것을 나에게 제의했다. 그래서 사장님 아들과 같이 공부하면서 종합반에 들어가 3개월 가량 학원을 다녔다. 1개월 후 학원에서 모의고사를 봤는데 전체 2등을 차지했다. 공부에 대한 감이 조금은 살아 있었다. 공부를 잘 하다 보니 3만원씩 했던 학원비를 전액 면제받을 수 있었다. 예나 지금이나 공부를 잘하면 받을 수 있는 혜택이 적지 않은 것 같다. 그런데 또다시 시련이 찾아왔다. 학원에서 공부를 좀 하다 보니 금세 얼굴이 알려져서 학원생들에게서 인기가 무척 많았다. 무엇보다 학생들이 공부를 가르쳐 달라고 매달리는 통에 정작 내 공부에 전념할 수가 없었다. 나에겐 공부를 열심히 하여 장학금을 받고 서울대에 진학하는 것 외에 다른 대안이 없었던 시기였는데 말이다.

그래서 왕십리 학원생활을 정리하기로 마음먹고 안양에서 재수하는 친구 자취방을 무작정 찾아갔다. 그 친구 집도 부유한 것은 아니었으나 집에서 쌀과 반찬거리를 자주 보내줘 함께 생활하는데 부담은 없었다. 지금도 기억에 남는다. 정말 어려운 시기에 선뜻 받아준 그 친구에게 진심으로 감사함을 전한다. 친구 자취방에서 공부한 지도 2개월여가 흘렀다. 나에게 너무도 귀중하고 다시금 돌이킬 수 없는 적잖은 시간이 흘러버린 것이다. 자취하면서 공부하는 것이 쉽지만은 않았다. 이대로 계속 생활하다간 서울대는커녕 그냥 그저 그런 삶을 살 수밖에 없을 것이라는 생각이 들었다. 난 다시 아산 시골로 내려가서 마지막 불꽃을 태우기로 결심했다. 남들처럼 재수씩이나 한다고 학원을 다닐 수 없는 처지라서 도시락을 넉넉히 싸서 마을 뒷산으로 향했다. 고시생들이 조용히 공부하기 위해 들어간다는 절에 들어간 것이 아니다. 그냥 마을에 있는 사람들의 발길이 뜸한 한적한 산 속으로 들어간 것이다. 돗자리를 깔고 그야말로 집중해서 공부에 전념했다. 내 인생에서 가장 열심히, 그리고 간절한 마음으로 공부했던 시기가 아니었나 싶다.

난 승부욕을 '스스로 열심히 하여 이루고자 하는 마음'이라고 생각한다. 난 체구는 작았지만 공부 못지않게 운동을 꽤나 잘했다. 축구도 좋아했고 무작정 달리는 것도 좋아했다. 어려운 가정형편이 나의 승부근성을 더 강하게 키웠던 모양이다. 그러면서 잘 된 일이든 그렇지 않든 간에 '남 탓하지 말자', 무엇이든 작심하고 하다보면 이루지 못할 것이 없다고 생각했다. 우리는 흔히 상급자를 만나면 "열심히 하겠습니다."를 무심코 연발하지만 난 그 수준을 넘어 "해낼 때까지 해보자"를 삶의 철학으로 삼았다.

어릴 적부터 내 손에 들려진 것은 남들보다 적었지만 남에게 뒤쳐지는 것을 무척이나 싫어했다. 늘 남들보다 잘 해야 했고 꼭 1등을 해야만 직성이 풀렸던 성격이었다. 학창시절에 기를 쓰고 공부한 것도 바로 이 때문이 아니었을까 싶다. 행여 1등을 놓치게 되면 1등을 되찾기 위해 이를 악물고 공부했다.

친구의 권유로 육군사관학교에 지원한 것을 나는 신의 한 수라고 생각한다. 대학에 대한 정보가 부족했던 시절, 서울대가 아니면 달리 방도가 없었던 때였다. 시골친구 중 한명이 육군사관학교 입학원서를 보내줘서 육사에 지원했다. 당시 난 직업군인을 그다지 선망했던 것은 아니었지만 육사에 진학하면 여러 특전이 주어진다고 하여 지원하게 되었다. 인생역전이라고 할 수는 없을지라도 본인의 역량에 따라 장군의 반열에 오를 수 있다고 하니 한 번 해볼 만한 도전이었다. 성적은 늘 상위권에 있었고 체력도 누구보다 자신 있었던 터라 육사에 합격하게 되었다. 사관학교 시절엔 돈 때문에 불안해하거나 걱정하지 않아도 되어 너무 좋았다. 사관생도에겐 품위유지비라고 하여 일정한 돈이 주어지고, 그야말로 먹여주고 재워주니 이처럼 좋은 곳이 또 있을까 하는 생각이 들었다. 육군사관학교가 위치한 태능 안에 있는 동안은 모든 것이 공평했다. 요즘 흔히 말하는 금수저, 은수저, 흙수저를 구분할 수도 그럴 필요도 전혀 없는 곳으로 실력을 갖추면 그만큼 대접을 받을 수 있는 곳이었다. 그런데 같은 제복을 입어도 간혹 느낌이 다른 친구들이 있었다. 어떤 친구는 장군의 아들이고, 또 어떤 친구는 사장의 아들, 회장의 아들도 있었다. 그들은 자신의 꿈을 펼치는 데 걸림돌이 없을 것으로 생각되었다. 외출이나 외박을 나가기 위해 정문을 나서게 되면 아들을 보기 위해 마중 나온 자가용들이 즐비했다. 진짜 부러웠다. 한 편으로 또 다른 자극을 주기도 했다. "한 번 해보자. 육사에 들어왔으니 장군이 되는 꿈을 꾸고 그렇게 되기 위해 최선을 다하자."를 마음속으로 다짐하고 양 어깨에 별을 단 나의 모습을 상상으로 떠올리며 반드시 해내겠다는 의지를 불태웠던 시기이기도 하다.

장교로 임관하여 배치 받은 첫 부임지는 1사단이었다. 40여 명 남짓한 소대원을 거느리는 천하무적 소대장이 되어 종횡무진 활약했다. 아마도 나에게 있었던 강한 승부근성이 더 열심히, 잘 해야지를 재촉했던 모양이다. 소대원들과 함께 공을 차고, 뒹굴면서 몸은 비록 힘들었지만 하루하루의 삶이 무척이나 즐거웠다. 진짜 군인이 되었고, 부여된 과업은 무조건 완수하는 것을 기본으로 알았다. 지금 생각해 보면 중대장 시절까지만 해도 늘 1등이어야 했던 욕심쟁이였다. 부대에서 체육대회를 하든, 사격을 하든, 평가를 받든 간에 모든 분야에서 1등을 해야 했고, 또 그렇게 되었다. 아마 할 수 있는 모든 정성을 쏟아 부었던 결과였을 것이다. 군인이라면 한 번쯤 경험해 봤겠지만, 체육대회를 하면 마치 국가대표 축구팀 감독이 된 것 마냥 구체적인 작전을 짜서 전념했고, 사격은 될 때까지 반복해 숙달시켰다. 무엇보다 격발할 때의 흔들림은 명중률을 높이는데 최악이다. 총열에 동전과 바둑알을 올려놓고 격발연습을 수백 번 씩 반복함으로써 특등사수가 될 수 있었던 것이다.

강한 승부근성은 나에게 늘 문제의식을 갖게 만들었다. 전·후방 각급부대에 근무하면서 겪은 수많은 일들, 무엇보다 개선이 필요하다고 느꼈던 생각들을 꼼꼼히 기록해 뒀다. 당장 해결하지 못할 수도 있지만 나중에 상위 정책부서에 근무하게 되면 제도 개선으로 올려 해결할 수 있는 방법을 찾을 수 있을 것으로 생각했기 때문이다. 22사단에서 대대장을 할 때 일이다. 하루도 빠짐없이 해안순찰을 했다. 다리가 아프면 목발을 집고 순찰을 나갈 정도로 집념이 강했다. 술을 별로 좋아하지는 않지만 간혹 전날 가볍게 음주를 했다 하더라도 다음 날 새벽에 반드시 순찰을 나갔다. 우리 부대가 해야 할 일이었고, 병사들이 있는 곳에 대대장이 함께하며, 병사들을 만나고 격려해 주는 것이 대대장의 역할 중 가장 중요한 것이라고 생각했던 것 같다. 타임머신을 타고 그 시절로 다시 돌아가게 된다면 그 일을 똑같이 수행할 것 같다. 28사단에서 연대장 직을 수행할 때도 별반 다름이 없었다. 부하들과 함께하고자 하는 나의 마음은 그 곳에서도 변함이 없었다. 이렇게 정했다. "내가 있을 곳의 70%는 비무장지대 초소(GP)와 일반 초소(GOP), 30%는 후방지원부대(FEBA)이다." 이 마음대로 일주일에 5번은 초소 순찰을 나가게 되었다. 나중에 들은 얘기이지만 난 부대원들에게 초소의 달인으로 통했다고 한다.

난 공부하는 시간이 가장 행복했다. 시험을 보면 늘 다섯 손가락 안에 들 정도로 결과물을 냈기 때문에 공부하는 것이 재미있었던 것 같다. 여기에 도전해 보고 새로운 것에 유달리 관심을 갖는 성격 탓에 군 생활 초기 우연히 찾아온 장교 영어반 과정을 마치면서 군에서 영어를 가장 잘하는 장교가 되고 싶었다. 육사에서 영어를 전공한 덕에 영어에 대한 기본기는 있었던 터다. 아마도 내 인생을 바꿔놓은 결정적 선택이 아니었나 싶다.

장교 영어반을 마치고 영국 셰필드 대학교로 유학을 가서 1993년부터 2년간 석사과정을 다닐 수 있는 행운을 잡게 되었다. 그 과정이 쉬웠다고 하면 거짓말이다. 정말 어려웠다. 처음엔 무슨 말인지 도무지 알아들을 수가 없었다. 이를 악물었다. 가르쳐 준 내용을 완벽하게 이

육군사관학교 도서관

해하는 것은 다음 문제였다. 우선 일상 대화가 자연스럽게 되어야 했기에 하루 24시간이 모자랐다. 지금 생각해보면 그 시기를 어떻게 이겨냈는지 모르겠지만 독한 마음을 먹고 영어에 몰입했던 것 같다. 그리고 해냈다. 국제관계학을 전공하면서 세상을 바라보는 시야를 넓힐 수 있는 계기로 삼았고, 신사의 도시로 알려진 영국의 정통 영어를 좀 더 세련되게 구사할 수 있게 되었다.

당시 군에서 제공하는 위탁교육 혜택을 받게 되면 상위계급으로의 진출이 한두 번 늦어지는 경우가 있었다. 혜택을 받았으니 진급을 조금 늦게 해도 괜찮지 않느냐는 분위기였다. 그럼에도 나의 선택은 진급을 조금 늦게 하더라도 지금이 아니면 공부할 수 있는 기회를 놓치게 되니 영국에 가기로 맘먹었던 것 같다. '전화위복'은 이럴 때 하는 말이 아닌가 싶다. 나의 의지가 아니라 당시 상황이 위기를 또 다른 기회로 바꿔준 것이다. 소천하신 김영삼 대통령께서 전 세계를 무대로 하여 활동할 수 있는 인재 육성을 강조하셨다. 위탁교육 때문에 동기생보다 진급이 늦어질 것이라는 우려는 어느새 사라졌고 영어 특기자가 되어 각종 선발에서 우선 추천을 받는 경우가 더 많았다.

목적의식은 나를 성장케 하는 자양분이었다. 장교로 임관한 후 늘 새로운 관점에서 새로운 것을 찾아보려고 노력했다. 목적의식을 갖고 바라보면 조금이라도 나아질 수 있을 방법이 보일 것이라는 확신을 갖고 있었기 때문이다. 단순히 쓰레기통의 위치를 바꾸는 것만으로도 사무실 분위기를 확 바꿀 수 있지 않은가. 그래서 난 부대를 옮길 때면 사무실에 있는 사무기기 위치를 조금씩은 바꾸는 경향이 있다. 청소를 할 겸 사무실 분위기 전환에 이만저만 좋은 것이 아니다. 난 이 글을 무척 좋아한다. '가만히 있으면 나아갈 수가 없다. 걸어가든, 기어가든, 달려가든 무엇인가를 해야만 앞으로 나아갈 수 있는 것이다.' 나이가 들었다고 경험만 앞세워 살아갈 수는 없다. 요즘 4차 산업혁명 기술이 대세다. 블록체인, 빅 데이터, 인공지능이 우리 삶에 선뜻 다가왔다. 새로운 환경에서 제 역할을 할 수 있으려면 새로운 기술을 이해하고 받아들이려는 자세를 갖는 것부터 시작해야 하지 않을까 싶다. 그래서 최근에는 4차 산업혁명 기술에 푹 빠져 있다.

육군대학 선발과정에 뽑혀 1년간 학업을 마치고 야전부대로 가니 분위기가 사뭇 달랐다. 사단으로 전입해 온 간부들 중에서 유일한 육군대학 선발과정 출신인지라 나름 귀한 대접을 받았다. 강원도에 위치한 22사단에서 대대 작전과장을 마치고 사단의 부름을 받아 군수운영장교를 두 달 동안 수행하던 차에 참모차장 수행부관 제의가 들어왔다. 군수분야 보직을 처음 받아서 근무한 터라 조심스럽게 약간의 망설임은 있었지만 주저 없이 응했다. 이 또한 나의 선택이 맞았다. 이 시기에 정책부서인 육군본부 업무의 메커니즘을 배울 수 있었던 것 같다. 이후 참모차장께서 교육사령관으로 자리를 옮기면서 나 역시 야전으로 분류되어 수도방위사령부 군수처에서 2년간 실무자 역할을 수행하게 되었다. 국방부, 연합사, 합참과 업무 연계가 되어 있어 이 시기에 군수분야에 대한 이해의 폭을 넓혔고 상급, 하급부대 군수업무 관계자들의 폭넓게 소통하는 시간을 많이 가졌다. 군수분야 전문가로 한발 짝 더 성장해 나가는 데 있어 중요한 시기였다.

이후 대대장을 마치고 육군본부 군수참모부로 자리를 옮겨 전반적인 군수업무를 다루게 되었고 그동안 문제의식을 갖고 기록해뒀던 여러 개선사항을 실질적으로 조치할 수 있는 기회를 잡게 되었다. 그리고 하나하나씩 해결해 나가기 위해 부단히 노력했다. 그 당시에는 이런 마음이었다. "나에게 또 다른 도전이 시작되었다. 대령으로 진급을 하든 그렇지 않든 간에 앞으로 나에게 주어진 시간 1년을 마치 2년과 같이 살아보자." 그렇게 하다보면 대령으로 진출하는 데 있어 한 발짝 더 나아갈 수 있지 않을까 하는 마음이었다. 공든 탑은 쉽게 무너지지 않는 법이다. 그만큼 노력이 깃들기 때문이다. 하루 24시간이 모자랄 정도로 오직 업무수행에만 매달렸다. 무심한 밤하늘의 별을 보고

퇴근하고 별을 보고 출근했으니, 가정에는 얼마나 무심했겠는가. 그러면서 세상은 진심을 다해 노력하는 이를 결코 배반하지 않는다는 사실을 배웠다. 그렇게 1년여의 시간이 지나고 나니 자연스럽게 나의 경쟁자가 없어짐을 어렵잖게 느낄 수 있었다. 결코 교만함도 자만심도 아니었다. 동료들로부터 반드시 진급해야할 사람으로 인정받게 되었고 다음 해에 1차로 대령으로 진급했다.

난 가족을 존중하고 사랑한다. 많은 이들이 그렇듯 가족은 내 인생의 전부이기도 하다. 40여 년 군 복무를 하는 과정에서 어찌 시련이 없었겠는가? 때론 포기하고픈 순간도, 좌절할 수 있는 상황도 있었을 것인데 쉽게 무너지지 않고 버티어낼 수 있었던 것은 비타민과 같은 영양분을 수시로 공급해준 가족이 있었기 때문이었다. '혼자라면 하지 못할 수도 있지만, 함께라면 할 수 있다'는 말이 있듯이, 삶의 순간순간 찾아온 위기의 순간을 이겨낼 수 있었던 가장 큰 힘은 '가족의 사랑'이 아니었는가 싶다. 아마도 그 사랑 덕분에 난 더 단단해질 수 있었고 그 사랑을 통해 헌신의 가치를 배울 수 있었다. 가족의 사랑이 있었기에 단 한 번도 일탈을 생각하지 않았고 모든 일에 정도를 지키며 올곧게 살아냈던 것 같다. 그래서 늘 나에게 고맙다.

지금은 어엿한 직장인이 된 사랑하는 두 딸도 자랑스럽다. 군인인 아빠 탓에 여러 번 학교를 옮겨가며 제대로 된 사랑을 받았을까하는 마음도 들지만 큰 딸은 지금 학교에서 교편을 잡고 있고 올해 천생배필과 백년가약을 맺어 좋은 가정을 만들어가고 있다. 작은 딸은 대학

영국 셰필드대학교

조교를 마치고 기자가 되어 있다. 평생직장을 찾은 듯 재밌어 하니 다행이다. 참으로 대견한 두 딸에게 늘 고마운 마음이다.

　좋은 인연을 만났다. 고등학교 때 이○○ 선생님을 만난 것은 내 인생의 첫 번째 행운이었다. 어쩌면 남의 일처럼 여겨질 수 있었을 터인데 마치 당신의 일처럼 제자의 앞날을 걱정해 주었으니 난 정말 행운을 타고난 사람이다. 그 시절 담임 선생님이 아니었으면 시골에 있는 고등학교로 옮겨가게 되었을 것이고 지금 어떤 삶을 살아가고 있을지 도무지 예측할 수 없기 때문이다. 늘 그리워했던 선생님과 자주 만나지는 못한다. 가끔 전화로 안부를 물을 정도다. 그러면서도 선생님의 따스한 사랑만큼은 늘 가슴에 품고 있다. 가끔씩 선생님을 좋아했던 친구들로부터 연락을 받게 되면 열일 제쳐놓고 나간다. 선생님을 만나면 그 시절이 떠오르고 마음이 한결 평화로워지기 때문이다. 지금 이 글도 선생님의 권유로 쓰고 있다. 훗날 누군가 어려움에 처하면 극복하는데 조금이나마 참고가 됐으면 하는 마음에서다.

군에서 행정실장 직책을 수행할 때면 꼭두새벽부터 늦은 밤까지 업무에 시달리는 경우가 다반사다. 이를 어떻게 받아들이느냐에 따라 성공할 수도, 실패할 수도 있게 된다. 난 좀더 큰 틀에서 다양한 업무를 파악하고 이해하는데 많은 도움을 받은 시기였다. 군생활을 하면서 전속부관, 행정실장, 수행부관, 수석전속부관 직책을 다양하게 수행하면서 함께했던 여러 지휘관들로부터 사람을 대하는 진실한 태도를 배울 수 있었다. 전속부관 시절의 3공수여단장님, 행정실장 시절의 2군단장님, 수행부관 시절의 참모차장님, 수석전속부관 시절의 참모차장님이 지금의 나를 만들어주신 소중한 분이기도 하다.

연대장을 마치고 육군본부 군수참모부 과장으로 자리를 옮겼다. 지금껏 당당하게 살아왔고, 최선을 다해 왔으니 장군을 기대하지 않았다면 거짓마음일 것이다. 그런데 지금껏 한 번도 꺾이지 않고 쉼 없이 달려왔으니 한 번쯤 쉬어가라는 것이었을까. 첫 번째 장군진급 기회를 놓치고 다음 해에 2차로 진급하는 영예를 안았다. 장군을 2차로 진급하고 지금은 3성 장군이 되어 육군의 군수업무를 전체적으로 관장하는 군수사령관의 직책을 수행하고 있으니 참으로 감사할 뿐이다. 이런 경우가 또 있을까 싶다.

"비바람 몰아쳐도 이겨내고 일곱 번 넘어져도 일어나라." 만화영화 '개구리 왕눈이' 주제가 중 한 대목이다. 이 시대를 살아가는 젊은이들이 그 깊은 뜻을 이해하고 "늘 당당하게 도전하는 삶을 살았으면 한다." 누구에게든 어려움은 있을 것이다. 어떤 이는 환경을 탓해 아무 것도 하지 못할 수도 있고, 또 어떤 이는 환경을 이겨내면서 멋진 인생의 주인공이 되기도 한다. 선택은 본인의 몫이다.

지나온 60여년의 시간을 반추해보면 잘 꾸며진 꽃길을 걸어왔다기 보단 새롭고 험난한 가시밭길을 헤쳐 나가야 하는 순간이 훨씬 많았었다. 어떤 이는 3성 장군의 반열에 올랐으니 이만하면 출세한 것 아니냐고 얘기를 하지만 내가 겪어 온 매 순간은 새로운 도전과 무한 경쟁이 늘 자리하고 있어 결코 녹록치 않았다. 그 과정에서 수십 번 아니 수백 번은 넘어지고 좌절할 수도 있었지만 난 '개구리 왕눈이'가 되어 오뚝이처럼 다시 일어났다.

아마도 오늘의 내가 있을 수 있는 것은 '가난과 돈의 굴레에서 벗어나 당당하게 살아보겠다.'는 절실함과 '목표를 세우면 반드시 이루고야 말겠다.'는 강한 집념과 승부근성이 첫 번째 요인이었다. 이를 통해 '꿈은 이루어진다'는 신념과 '세상에 공짜는 없다, 성공은 노력의 산물이다' 라는 금언은 생각하게 되었고, '劍短之則 一步前進, 與件不備 努

力倍加'(칼이 짧으면 한 걸음 앞으로 나아가고, 여건이 갖추어져 있지 않다면 갑절로 노력하라)라는 교훈을 얻게 되었다.

두 번째는 항상 긍정적이고 감사하는 마음을 가졌다는 것이다, 벤자민 프랭클린, 하워드 슐츠, 징기스칸 등 등 세계 역사에서 역경을 극복하고 성공한 사람들이 자신이 처한 환경을 항상 긍정적으로 생각하고 노력했던 것처럼 나 또한 부모님과 환경을 탓하지 않고 어떻게든 극복해 보겠다는 긍정적인 마음과 부모님과 주변 사람들에게 항상 감사하는 마음을 가지고 생활했기 때문이다.

세 번째로, 조금은 다르게 생각하고 새로운 시선으로 바라보면서 문제의 본질을 꿰뚫어 보고 답을 찾고자 했던 도전의식이 지금의 나를 만들어주고 지탱케 해준 또 하나의 원동력이었다.

마지막으로 언제나 삼가고 조심하는 생활태도 덕분이다. 최근에 여러 이유로 한방에 훅 날아가 버리는 저명인사들을 대중 매체를 통해 자주 접하게 된다. 공인(公人)됨의 고갱이는 자기관리와 겸손이다. 인간은 감정의 동물이고 자기 감정과 욕망을 다스리지 못하면 치명적인 오점을 남기게 된다. 어려움을 극복하면서 또 사관생도 교육을 통해 올바른 인성과 철학을 바탕으로 항상 남에게 너그럽고 자신에게 엄격하고자 노력해 온 결과라고 생각한다.

지금은 개천에서 용이 나는 세상도, 자수성가가 말처럼 쉬운 세상은 아니지만, 삶의 주인공이 되기 위해서는 자신의 처지를 그대로 받아들이고 스스로 잘 되고자 하는 마음과 잘 될 수 있을 것이라는 확신을 갖고 세상에 맞서 당당하게 도전하고 열정적으로 행하길 기대해 본다.

온재 이종만 선생의 활동과 조국사랑
최박광

1. 백범 김구선생과 온재 이종만 선생의 만남

1949년 6월 26일 저녁 온재 이종만 선생은 향리 충북 오창에서 백범 암살 부음을 접하고는 그날 밤을 통곡으로 지새웠다고 장손 이정표군은 기술하고 있다. 철이 들면서부터 사랑방에서 할아버님과 함께 기거했던 손자는 평소 유학자로서의 행동거지에 한 점의 흐트러짐도 없으셨던 할아버님의 그날의 모습에 큰 충격을 받았다고 한다.

온재가 백범을 상견한 것이 언제였는지, 그 시기는 명확하지 않다. 하지만, 1945년 12월, 백범 환국 후에 상견했을 것이 분명하다. 현재 온재가에 전해지고 있는 『백범일지』 초간본과, 휘호 2점에 연기가 적혀 있다. 이에 따르면 1947년 4월 경교장을 방문했을 것 같다. 이정표군의 언급에 의하면 온재는 3,4차례에 걸쳐 수행원을 대동하고 경교장을 예방했다고 하고 있다. 백범의 휘호에는 온재에 대한 백범의 각별한 배려가 담긴 선물이라고 판단된다. 우선 송(宋)대의 유학자 범준(范俊)의 심잠은 성정(性情) 도야를 통해 성인으로 나아간다고 하는 성리학의 요체를 밝힌 것이고, 또 다른 휘호「광복조국」에는 1948년 10월 온재 동지에게 증정한다는 기지(記識)가 적혀 있다. 이는 조국 광복을 위해 사지를 넘나든 동지적 유대감을 표한 것이라고 생각된다.

약관 이전부터 항일 운동에 뛰어든 온재에게 스승 김제환(1867~1916) 선생의 순국 후, 백범은 그의 독립운동의 큰 스승이었다.

온재가 1920년 8월 「평양 비밀 결사단」 청주 지부를, 신흥구(申興求), 신형식(申亨植)등과 함께 결성하여 상해 임시정부에 독립운동 자금 지원 활동을 하려고 한 것도 그런 맥락에서 살펴 볼 수 있을 것이다. 이것이 사전에 일본경찰에 발각되어, 치안유지법 위반으로 1년 징역형을 받게 된다. 이미 1913년에 김제환 선생과 함께, 불납세, 불입적, 불응력 운동과 성산대강회(星山大講會) 운동으로, 3년여의 금고형도 받은 바 있다. 출옥한 후 광복 때까지 그의 행적을 살펴볼 자료가 보이지 않는다. 하지만, 그 후의 행적들을 찾아 유추해 보면, 일정한 거처도 없이 특고와의 쫓고 쫓기는 경주가 이어졌다고 보인다. 전국에서 일어난 운동의 뒷자락에는 그의 모습이 드리우고 있는 것을 볼 수 있다. 끝으로 온재와 한독당의 관계이다. 온재가 한독당 당원으로 활발히 활동한 것은 백범과 만남 이후인 것으로 보인다. 하지만, 평양 비밀 결사단 청주 지부를 결성한 시점부터, 한독당과의 관계가 시작되었을 것이라고 유추된다. 6·25남북전쟁 당시 대구로 피난길에 올랐던 서○○ 장로, 청주 ○○병원의 조○○ 원장 가족들과도 평소 우의가 깊었지만, 이들이 한독당 동지였다는 점도 앞으로 조사해야 할 점이라고 생각된다.

2. 백범 김구 만사(輓詞)

만사의 서에 의하면, 백범 선생 피살시에 지은 것이라고 한다. 우연히 이를 잃어버렸다가 3년 후인 1952년 9월에 찾았기에 『도부이언』에 이를 수록한다고 적고 있다.

온재에게 지난 3년의 세월은 악몽과도 같은 질곡의 시간이었다. 이를 테면 백범의 암살로 외부세계와의 문을 차단하고 칩거 중 그 통한의 슬픔도 채 가시기 전에 발발한 것이 6·25 동족상잔의 전쟁이다. 그 이념이 낳은 목불인견의 잔혹상을 목도하며, 온재는 전 왕조에 대한 그리움, 비록 외세에는 짓밟히기는 했지만, 동족이 한 마음이 되어 사선을 넘나들면서 투쟁했다는 점에 그 의의를 두고 있는 듯하다. 그런 면에서 민주주의와 공산주의란 이념을 떠나 하나의 민족을 우선시했던 백범의 큰 뜻이 온재에게 더욱더 와닿았을 것이다. 만사의 첫 머리에서 다음과 같이 읊고 있다.

「백범은 천하의 선비로 활동무대가 커서 끝이 없었다. 한결같은 충의의 마음이 분명하고도 우렁차구나. 준동하던 잔혹한 이웃 왜놈들이 틈을 타서 방자히 전쟁을 일으켰구나. 때문에 겹겹이 맺힌 것을 말로 하려니 말이 길어지고 분하고 아프구나. 이에 그치지 않고, 간절히 나라의 원수를 갚으려는 뜻을 세웠도다.·······」

백범 선생은 왜적 원수인 시라카와 요시노리(白川義則) 시게미츠마모루 등이 상하이(上海) 홍커우(虹口)공원에서 일본의 전승기념 잔치를 열 때에 의사 윤봉길을 보내어 폭탄을 투척해 섬멸하였으므로, 원흉을 섬멸했다고 말하였다.(『도부이언』 김국희·이충구 공역)

백범은 천하의 선비, 즉 국제적인 인물로 구국운동을 이끈 지도자였다고 추앙하고 있다. 생과 사를 넘나들면서 투쟁에 앞장선 애국자로 이웃나라 중국의 역사를 보더라도 구국투쟁 일념이었던 애국자는 없었다고 실례를 들어 논증하고 있다.

하지만, 인간의 운명이란 때에 따라 꺾이거나 펼쳐짐은 정해져 있다. 그렇다고 해서 운명을 뒤바꾸는 일은 하늘조차도 어떻게 할 수 없는 법이다. 백범의 타계를 그대로 받아들이는 합리주의적 사고를 나타내고 있다. 하지만, 그 통한의 아픔은 사람에 따라 각각 다르겠지만, 참으로 감내하기 어렵다고 자신의 심정을 직접적으로 토로하고 있

백범 김구 선생 동상(서울 남산)

다. 이어서 비록 백범의 육신은 우리들 곁을 떠나갔지만, 그의 고귀한 영혼은 영원히 우리들과 함께할 것이라고 다짐하고 있다. 말미에, 「한밤중에 어둡고 좁은 시야에 갇힌 촉견들이 하늘의 태양같은 이에게 감히 짖어대는구나」하여 백범의 정적들에 대한 일침과 더불어 백범을 하늘의 태양으로 추존하고 있다(촉견은 촉나라 개, 즉 어리석다는 의미).

3. 동족 상잔의 참극과 삶의 애환

1950년 6월 25일 북한 괴뢰군의 기습공격으로 발발한 6·25남북전쟁은 세계 제2차 세계대전 후 지구촌의 최대의 전쟁이었다. 남북한 합해 300만 명의 사상자와 1천만 명의 이산가족, 국토의 황폐화, 인간성 상실 등등, 외신 기자들의 보도처럼 한마디로 아비규환의 도가니와 같았다.

백범 서거 후 두문불출하던 온재는 전쟁이 일어나기 며칠 전 아침 일찍 집을 나서 이웃마을에 사는 옛 한독당 동지 서○○ 댁을 찾았다. 서 동지에게 그간 천문을 관찰한 바를 들려주며, 며칠 사이에 북한이 전쟁을 일으킬 것이 분명하니 피난할 준비를 하도록 권유했다고 한다. 특히, 전쟁이 단기간에 끝날 것이 아니라며, 피난지로는 대구가 좋다는 것과 그곳에서 의탁할 곳도 주선해 주셨다고 한다(서정인. 『낙동강의 기적』).

또 다른 분의 증언이다.

현재 청주시에서 병원을 경영하는 조○○ 원장의 증언이다. 조 원장은 당시 중학교 1학년이었고, 부친은 병원을 경영하였다고 한다. 전쟁이 발발하자 병원은 군의 야전병원으로 징발되어 위생병과 부상병들로 집은 북새통이었다고 했다. 당시 아버님이 출타중이었던 어느 날 온재 선생이 집에 오셔서 은밀하게 어머님께 말씀하셨다고 한다.

「더 이상 피난을 미룰 수 없으니 내일 중으로 피난을 떠나야 한다. 남들이 눈치채지 않도록 할 것과 피난용품은 옷가지 한 벌씩 생활용구 식기, 순갈, 젓가락 등을 간단하게 챙길 것을 일러 주셨다고 한다.」

경교장(서울 종로구 새문안로 29 평동)

다음 날 가족들은 주변의 눈을 의식해서 각자 집을 나와서 10리 떨어진 오창 괴정마을에 도착했다. 그날은 온재가 마련해 주신 괴정리 마을에서 묵고 다음날 아침 일찍 대구를 향해 피난길에 올랐다고 하며, 도중에 온재 가족도 합류해 함께 대구로 내려갔다고 한다. 대신 조 원장 가족들에게는 빈집을 마련해 주셔서 남들과 달리 큰 집에서 편히 지냈다고 들려주었다. 후일 귀향 후에 오창리 대참사 사건을 듣고 대단히 놀랐었다고 조 원장은 다음과 같이 들려주었다.

전쟁이 발발하자 치안당국은 내부 동조를 염려해 보도연맹 가담자들을 검거하라는 지시를 내렸다고 했다. 오창군 관내에서 약 700여명의 보도연맹원들을 검거해 임시로 오창 면사무소 농협 창고에 수용하고 있었다고 한다. 후퇴하던 군인들이 창고에서 소란을 피우는 소리를 듣고 누구의 지시를 받은 바도 없이 무차별로 사격을 하고 후퇴했다고 한다. 후일 북한군 선발대에 이어 치안 담당 부대가 들어왔을 때 이 문제로 인민재판을 열렸다고 한다. 당시 보도연맹 가담자들을 검거한 경찰관, 소방대원들은 물론 그 가족들까지도 인민재판에 회부되어 처형되었다. 평소 이들 간에는 이념과 관계없이 서로 친숙했던 관계였음에도 불구하고 우발적으로 발생했던 이 사건이 씻을 수 없는 상처가 되어 오늘날까지도 오창 대참사로 모두들 기억하게 되었다고 한다.

조 원장은 자신과 가족은 물론 삼촌들도 이때 피난하지 않았다면, 인민재판에서 벗어날 수 없었을 것이라고 언급하면서 온재 선생은 우리 가족 전체의 은인으로 영원히 기억되고 있다고 거듭 고마움을 표했다.

온재는『도부이언』에 실린 시(詩)의 서에 6·25 남북전쟁에 대해 다음과 같이 기술하고 있다.

「1950년 6월 전란이 일어났다. 8월 15일(음력으로 표기?)에 모든 적들이 물러나 숨었다. 11월에 이르러 재차 이른바 사령관에게 잘 못 대항하여 모두 도망쳐 숨어 있다가 한 달여 만에 돌아갔다. 이 때 이후로 내가 근심에 싸여 대문을 닫고 홀로 지내면서 시내에 잘 들어가지 않았다. 이웃 마을 친구 김하헌(金霞軒)이 자주 찾아와 시운을 부르며 지어 잠시 소일거리로 하였는데, 시를 보내오니 사양하지 않고 이 시로 4편을 지었다. 때는 (1951년 6월)이다.」

이종만 선생 후손들의 참배

　위의 글에서 보듯 온재는 6·25 남북전쟁의 전황과 자신의 근황을
간략하게 피력하고 있다. 음력 8월 15일은 9월 15일 인천상륙작전을
뜻하는 것으로 생각된다. 11월은 중공군이 남하한 것을 지칭하는 것
으로 보인다.

　위의 글은 6·25 남북전쟁의 발발로부터 1년이 되는 1952년 6월 온
재가 체험한 전쟁과 생활상을 담은 시의 서이다. 그가 동지들 가족과
아들 손자를 대동하고 피난한 곳 대구는 낙동강 전선의 보루로 남북
쌍방이 총력을 집중해 최종 일전을 벌인 곳이었다. 북한군 주력부대
도 대구의 코앞인 왜관을 향해 속속 집결하고 있었다. 미 공군은 오
키나와 공군기지의 B29 폭격기 편대를 연속적으로 발진시켜 북한군

주력 부대의 집결지를 향해 융단폭격을 쏟아부었다. 북한군 주력부대는 당황 속에 궤멸되고 말았다. 일부 패잔병들은 산속으로 숨어들었고, 그들 중 일부가 산줄기를 타고 북상했다고 전해지고 있다. 한편 맥아더 장군의 지휘하에 9월 15일 한·미연합군은 인천상륙작전을 성공으로 이끌어 9월 28일 서울을 탈환하고 북으로 진격해 나아갔다. 따라서 정부는 곧 환도하게 되고 온재 일행들도 뒤이어 고향에 귀향하였다.

대구는 왜관과 근접해 있어 온재는 전장의 현장을 직접 목도하지는 않았으나 융단폭격의 폭음이나 포탄이 나르는 굉음 등등 현대전의 최신 무기의 위력과 살상력을 충분히 보았을 것으로 생각된다. 더욱이 귀향길에 즐비하게 망가진 채 나뒹굴고 있는 군수용품들은 물론 황폐화된 산하도 그의 가슴을 아프게 했을 것이다. 온재가 귀향 후 읊은 칠언율시 4수에는 그의 근황과 전쟁이 빚은 죄악상을 강하게 질타하고 있다. 우선 시〈1〉을 살펴보기로 하자.

누옥이 물가에 있어 더욱 시원하고
헤진 베갯머리에 석양이 비치네.

가난하니 명아와 콩잎도 달기만 하고
성정을 고요히 유지하며 항시 게으름을 경계하네.

긴 도랑에는 큰 물고기가 뛰놀고
서리를 기다리는 파리한 국화는 아직도 향기롭네.

노을 지는 산 아래로 소를 타고 온 이가

내게 시를 청하니 시상이 다시 길어지네.

　먼저 수련에서 유자의 청빈한 삶을 읊고 있다. 청빈함은 그가 본래 식산이 풍족하지 않았던 것에서도 연유하겠지만, 전쟁이 빚은 참화 때문이다. 하나, 그는 이를 비난하기보다는 오히려 이를 승화시키고 있다.

　누옥과 헤진 베개란 시어에서 보듯 가난함을 드러내고 있다. 함련의 명아와 콩잎은 농가에서 찬거리로 사용하기도 하지만, 거친 찬으로 일상적인 찬거리는 아니다. 성정을 고요히 유지한다는 것은 성정을 도야한다는 의미로 항상 마음이 흐트러지지 않도록 부단하게 경계해야 한다는 것이다.

　경련에서는 시인은 자연의 풍요로움을 읊고 있다. 계절은 이미 늦가을로 접어들어 서리가 내려 국화도 파리한 모습을 드러내고 있다. 하지만, 국화가 지닌 생명력 그 향기는 더욱 강하게 발산하고 있다고 한다. 마지막 미련에서는 노을이 질 무렵 소를 타고 온 친구와 더불어 지난 1년간 겪었던 수많은 일들이 그의 뇌리에 주마등처럼 펼쳐지고 있었겠지만, 유자의 절제된 언어, '시상'이란 한 마디로 갈음하고 있다.

　이 시는 유자의 덕목인 청빈의 삶이 무르녹은 작품이라고 할 수 있다. 청빈과 자연이 조화를 이루면서 그 속에 독락하는 유자의 모습이 마치 서리에 굴하지 않는 국화의 모습과 대칭되면서 온재의 내면세계를 잘 부각하고 있다.

　시〈2〉에서는 피난지를 헤매면서 겪었던 참상을 일으킨 김일성과 그 추종자들을 강하게 질타하고 있다.

> 한 해 동안 피 비린내가 온 나라에 진동하니
> 법도와 윤리 씻은 듯 사라지네.

> 냉랭한 가을 오강(五江)의 유수도 오열하고
> 안개 짙은 삼각산 종소리도 끊겼네.

> 멀리 고도를 바라보니 망국의 노래만이,
> 지난 왕조를 생각하니 다시금 눈물 흐르네.

> 어리석은 여우와 고래에게 줄 것도 없는데
> 충천하는 분노는 세상에 가득하네.

먼저, 수련에서는 전 국토가 피로 물들만큼 전쟁이 격렬했음을 읊고 있다. 따라서 윤리와 법도도 무너져 금수와 다를 바 없는 문맹사회로 전락하고 말았다고 자탄한다. 함련에서는 국토를 종·횡단하는 5대 강물도 통곡소리로 가득하고 심지어 삼각산의 새벽 종소리 마저도 통곡소리가 겹겹이 싸고 있어 들을 수 없게 되어 버렸다고 한다. 경련에서는 멀리 한양을 바라보니 오로지 망국을 자탄하는 노래뿐이고 새삼 지난 왕조를 생각하니 눈물만이 다시금 흘러내리고 있을 뿐이라고, 조국 광복을 위해 일생을 바쳤던 온재 옹은 망연자실, 자탄하고 있다.

인천상륙작전 한국 해병대

미련에서는 국토와 민족을 이 지경에까지 빠뜨린 김일성과 그 추종자들에 대해서 준엄한 질책을 마다하지 않고 있다. 이들을 「잠이호경−어리석고 욕심많은 이리와 고래」라고 지칭하고 있다. 이 어리석고 탐욕스런 미물들에게 줄 것이라고는 오직 충천하는 분노, 하늘의 분노만이라고 질타하고 있다. 평소 유자의 절제된 전아함과는 달리, 단호하게 질타하는 면을 보여주고 있어 온재의 또 다른 면을 보는 것 같아 흥미롭다.

4. 후진양성과 유유자적의 생활

6·25 남북전쟁은 1953년 7월 27일자로 일단 휴전이 성립되었다. 앞서 언급처럼 수많은 사상자와 이산가족, 국토는 초토화되고, 전국 방

방곡곡 눈길 닿는 곳에는 망가진 군용무기와 전쟁 쓰레기가 산과 들을 뒤덮고 있었다. 한 마디로 목불인견의 상황이었다. 외신기자들의 보도처럼 지옥과 다를 바 없는 상황 속에 전쟁은 휴전상태로 접어들었다.

온재는 시〈3〉에서 다음과 같이 읊고 있다

여름에도 겨울에도 할 일을 알지 못하고
어디에 관계없이 발걸음을 내맡기었네.

고아한 봉황은 창공에 날아 구소에 어울리고
큰 고래는 깊은 바다에서 백천(白川)의 으뜸이라네.

생활을 도모하는 것 가소롭구나. 뜬구름 속 탑인 것을
천명을 아는 이 어찌 가는 세월을 근심하리.

사공아. 내 건너지 않음을 탓하지 마오
난 친구를 만나야 하오.

동족상잔이란 처절한 전쟁은 삶의 의미를 넘어서서, 망각하고 싶은 과거와의 또 하나의 전쟁이나 다를 바 없었다. 따라서 때로 허무주의에 빠져들기도 했다. 하지만 인간이란 이기적인 면이 강하기도 하다. 따라서 시간이 지남과 동시에 각자 천명에 충실해지듯이 온재 선생도 「친구를 만나야 하는」 그날까지 자신의 일에 충실하게 임하게 되었다.

당시 오창면에서는 중학교만 있었을 뿐, 인근에는 고등학교가 없었다. 농촌 형편상 대처에 있는 고등학교에 유학을 시킨다는 것은 경제적으로 불가능했다. 가정 형편이 여의치 못한 학생들이 온재 선생을 찾았다. 이들은 주로 주경야독으로 낮에는 집에서 농사일을 돕고 밤에는 온재 선생님께 공부를 배우게 되었다. 옛날 서당식 학습 방법으로 학생들의 수준에 따라서 자신에게 주어진 과제를 읽고 문리를 터득해 나가는 지도 방법이었다. 이들 중에는 교재를 마련할 수 없는 학생들도 있어 온재가 손수 필사해 만들어 준 교재를 사용하기도 했다고 한다. 비록 정규학교 교육은 아니지만 사제 간이 일체가 되어 학습한 결과로 이들 모두가 후일 사회생활을 할 때 크게 활약하게 된 제자도 있었다. 몇몇 학생은 검정고시를 보아 상급학교에 진학하기도 하고 한의학 등등 기술 계통 쪽으로 자격 시험을 보아 진출한 제자들도 있었다고 한다. 온재 선생 묘소에는 이들 문하생들이 주관해서 세운 「온재 이 선생 광복 70주년 추모 기념비」가 다른 추모비들과 함께 나란히 자리를 같이 하고 있다. 기일에는 이들 중 누구 한 사람 빠짐없이 묘소에 모여 50 여년 간 한결같이 묘제를 지내고 있다고 한다. 사제지간의 돈독한 사랑을 전해주는 좋은 미담이 되고 있다.

1963년 제3공화국에 접어들면서부터 절대 빈곤과 공동체 의식이란 화두가 국가적 과제로 등장하기 시작하였다. 제3공화국은 최우선 과제가 국민 생활의 근간인 농업에 치중하고, 농업에 필수 요소인 비료공장 건설에 매진했다. 먼저 충주 비료공장 건설을 시작으로 진해, 울산, 남해 등등 제7비료공장까지 건설했다. 국내 공급은 물론 수출까지 하게 된다. 공장 건설시에 전문인력 양성소를 설치하고, 기술자 양성에도 치중했다. 이것이 이후 산업사회에 필요한 인력 충원은 물론 해외에까지 진출하는 결과가 된 것이다. 산업사회 기반 조성을 위해 경부간 일부 지역에 한해 고속도로를 착공하고, 농촌 지역의 생활 향상과 의식을 고취하기 위하여 새마을운동을 펼치게 된다. 후일 이것이 성공리에 마무리됨으로 인해 근대화의 초석이 마련되었다. 제1차 경제개발 정책이 66년에 마무리되고, 이어 67년부터 제2차 경제개발 5개년 계획이 시작되었다. 포항에 산업사회의 기틀이 되는 철강회사 건설이 시작되면서「우리도 한번 잘 살아보세」라는 국민적 구호가 전국으로 확산되기 시작한 해가 1967년이었다. 초기 철강산업에 이어 자동차, 선박, 전자, 통신 그리고 정보 기술 산업에까지 밤 낮 쉴 사이 없이 노력한 결과 오늘의 대한민국은 세계 10대 경제대국의 반열에 서게 된 것이다. 돌이켜 보면 온재 선생이 사공의 재촉에도 배를 타지 않은 채「친구가 올 때까지 기다려야 한다」고 강변하던 때로부터 16년 후인 1967년, 그 해는 대한민국이 바로 산업사회로 진입하는 원년에 해당된다. 그해 9월 온재 선생은 산업사회를 향해 힘차게 발을 내딛는 조국의 모습을 보면서 홀로 사공의 배에 올라 우리의 곁을 떠나가셨다. 온재가 사공의 재촉에도 끝내 배를 타지 않은 채「친구가 올 때까지 기다려야 한다」고 한 친구, 그 친구는 다름 아닌 조국의 번영이었다. 이 날이 오기까지 장장 16년의 세월이 흘렀다.「詩」4수에는 당시 온재의 심사를 이렇게 담고 있다.

충주비료공장 건설(1960)

벼는 익어가고 맑은 이슬에 달빛은 강물과 같은데.
스스로 복희씨의 백성인 양 북창에 누웠네.

바지 저고리가 홑겹이라 귀뚜라미 소리는 더욱 처량하고,
세리(稅吏)의 눈길은 사냥개 마냥 멈추지 않네.

북두성 머문 곳에 뭇별이 둘러 인사하고
황제 기러기 올 때 뭇 새가 항복하네.

큰 꿈 깨기도 전에 새벽빛이 돌고

처마 앞의 반딧불은 쌍쌍이 맴도네.

이미 때는 늦가을, 넓은 들판에 무르익은 벼는 황금빛으로 빛나고, 더욱이 내린 이슬은 달빛을 받아 강물처럼 은빛을 발하고 있다.

시인은 계절과 자연의 아름다움에 취해 스스로를 태평성대의 복희 씨의 백성처럼 북창을 베갯머리로 하고 누워 있다. 하지만, 귀뚜라미 울음소리에 자신의 의복이 철지난 옷이란 것과, 그의 심사를 대변하고 있다는 사실을 비로소 깨닫게 된다. 온재의 이같은 고달픈 생활은 그 만의 생활상이 아닌 전쟁이란 비상사태 하의 국민 모두의 모습이었다. 뿐아니라 세리의 눈길은 마치 사냥개의 눈길처럼 날카롭게 번득이는 모습에서 국가 재정이 고갈되었음을 충분히 읽을 수 있는 대목이다.

이어 경련에서는 북두성, 황제 기러기 등등, 강력한 지도자의 등장을 예지하고 있다. 그것은 단순한 통보를 넘어 군중의 함성, 명령으로 전하고 있다. 이어 미련에서는 「큰 꿈 깨기도 전에 창가에 새벽빛이 돌고 처마 앞의 반딧불은 쌍쌍이 맴도네」에서, 「새벽빛」과 「반딧불」의 대구를 통해 새로운 시대의 도래와 경축행사가 행해지고 있음을 읊조리고 있다. 그런 면에서 온재는 국난 극복을 할 지도자의 등장을 이미 예지하고 있었다고 할 수 있다.

이상으로 온재 선생의 삶과 활동을 시대상과 더불어 간략히 살펴보았다. 독립 운동가이셨던 온재 이종만 선생의 일생은 일신삼생(一身

三生)의 삶을 사셨다고 할 수 있다.

첫째, 선생이 재세했던 구한말에서 대한제국 말까지. 둘째, 일제강점기 시기. 셋째, 대한민국 정부수립에서 제3공화국 시기까지. 이 3시기는 각각 사회 구성체뿐만 아니라 가치관과 인식 체계의 전환이 요구되던 시기였다.

제1시기에 속하는 1890년부터 1909년까지, 국내로는 「동학」에 이어 명성황후의 시해 사건이 있었고, 국외로는 청일전쟁, 러일전쟁 등등이 있어 외세의 압박과 국내외의 혼란상이 가중되어, 대한제국은 이미 국권을 상실한 채 풍전등화와 같이 형식상 명맥만을 유지하고 있던 실정이었다. 중앙 무대에서는 천지개벽과 같은 변화가 점점 다가오고 있었지만, 향리에 거주했던 온재는 스승 밑에서 그래도 한학 학습에 열중할 수 있었다. 제2시기는 일본 제국에 의한 병탄시기이다. 일본은 1876년 강화도 조약 체결 이후 「동학」, 「청일전쟁」, 「러일전쟁」 등등을 거치면서 병탄 시기를 저울질하다 1910년 드디어 이를 실행에 옮긴 것이다.

제3시기는 1948년 8월15일 대한민국 정부수립부터 1967년 9월 20일 온재의 타계시까지이다. 이 시기에 일어난 백범 암살사건과 6·25전쟁은 온재 선생의 일생을 180도로 바꿀 만큼 큰 사건이었다.

이 사건 이후 그는 외부와의 소통을 끊고 두문불출로 일관했다. 하지만, 「그를 찾아올 친구」 즉, 조국의 번영을 기다리면서 후진양성과 유자로서의 심성도야에 매진했었다.

1967년에 드디어 제2차 5개년 경제개발 정책이 발표되고, 온재 선생이 그토록 목메어 기다리던 조국 번영의 여신은 우리들 곁에 나타났다. 이해 9월 20일 온재 선생은 천상 세계를 향해 표표하게 떠나가셨다.

지금도 천상의 어딘가를 거닐며 우리를 지켜보면서 대한민국의 번영을 기원하고 계시리라고 생각된다.

선생님, 이제 그 무거운 짐을 내려놓으시고 편히 쉬십시오.

6·25남침전쟁, 우리에게 어떤 기억으로 남아 있나?
최응표

6·25남침전쟁의 총성이 멎은지도 어언 70년이라는 세월이 흘렀다. 그런데도 6월이 되면 치밀어 오르는 분노, 이제는 감내할 수 없을 만큼 극으로 치닫고 있다. 격해진 분노(감정)는 증오(憎惡)로 변하고 그 증오가 다시 고통으로 이어지면서 6월은 점점 더 잔인해진다.

월남 작가 바오 닌은 그의 소설 《전쟁의 슬픔》에서 "손실된 것, 잃은 것은 보상할 수 있고, 상처는 아물고 고통은 누그러든다. 그러나 전쟁에 대한 슬픔은 나날이 깊어지고, 절대로 나아지지 않는다."며 전쟁의 아픔과 패망의 처절함을 호소하고 있다.

하지만 6·25남침전쟁의 상흔(傷痕)을 그대로 안은 채 흘러온 70년, 아직도 6·25남침의 실상(實像–진실)이 아닌 허상(虛像–거짓)으로 가득 찬 우리 역사의 아픔은 그보다 100배는 더 크고, 더 고통스럽다.

1950년 6월 25일 새벽 4시 40분에서 5시 사이에 무력 남침하는 인민군을 처음 보았고(북한군의 남침은 25일 새벽 4시에 시작) 오전 10시 30분 경에는 서부전선 침공의 주력부대인 북한군 제6사단 (북한군 최정예부대인 방호산 부대) 15연대장과 좌담회까지 가졌던 직접 경험자이면서 북한 남침의 최초 목격자의 한 사람으로서 6·25 70주년을 맞으며 느끼는 나의 분노는 남다를 수밖에 없다.

남침(南侵) 선봉부대는 팔로군(중공군) 출신의 조선족으로 편성된 부대들이었고, 중국의 국공내전(國共內戰)에서 훈련과 전투경험이 풍부한 백전노장들이었다. 그래서 김일성은 이들을 남침의 최선봉에 세웠던 것이다.

북한군 제6사단 15연대는 개성(6·25전 개성은 남한 땅) 시내로 제일 먼저 쳐들어온 연대다. 바로 그 연대장과 개성시내 한 복판에서 좌담회를 했다. 그런데 놀랍게도 자신을 15연대 연대장이라고 소개한 그의 입에서 터져나온 첫 마디는 "나는 팔로군(八路軍)입니다"였다. 당시 개성 송도중학교 학생이었던 나는 그 말의 엄청난 의미를 제대로 이해하지 못했다. 그리고 이어지는 말은 "개성시내에 들어올 때까지 단 한명의 희생자도 없었는데 개성시내에 들어와서 우리 병사들이 개죽음을 했다"며 울분을 토하는 것이었다. 북한이 6·25남침전쟁의 주범임을 증명해 보이는 중요한 대목이다.

이승만 대통령이 북한의 남침보고를 처음 받은 시각이 25일 오전 10시 30분이었다. 바로 그 시간에 나는 개성점령군 연대장과 좌담회를 하고 있었다는 이야기다. 물론 서울시민들은 아무것도 모르는 상태였다.

인민군 제6사단(사단장 방호산) 중국 팔로군이 인민군으로 위장하여 6월 25일 남침을 개시한 부대의 하나로, 개성을 침입, 파죽지세로 서울, 대전, 마산까지 밀고 내려간 부대이다.

그래서 나는 '대한민국 건국의 진실(가치)'과 '6·25남침전쟁의 진실 (실상)'만 제대로 가르치면 잘못 교육받은 중·고등학생들의 생각은 100% 바뀐다고 확신한다.

김일성이 스탈린과 모택동을 등에 업고 38선을 넘어 남침할 때 그의 목표는 8월 15일 부산에서 공산통일 대축제를 열기 위해 전쟁을 최단기간에 끝낸다는 것이었다.

하지만 전쟁은 3년 하고도 24일, 1129일 동안 이어지면서 양측 합쳐 600만 이상의 인명피해와 엄청난 물질적 손실은 물론, 전국토의 초토화와 인성(人性)마저 완전히 파괴해버리는 대참극을 낳았다.

그런데 안타깝게도 이런 엄청난 역사의 격난(激難)과 질곡(桎梏)의 세월을 헤치고 세계문명국가의 일원이 되는 데는 성공했지만, 문창극 선생의 말대로 오늘의 우리 됨을 있게 한 뿌리인 대한민국의 가치에 대한 고마움을 국민들 가슴에 심는 기초에는 실패했다. 이것이 바로 지금 '자유대한민국'이 '제3세계'로 추락하게 되어가는 비극의 원인이다.

몇년 전 박동운 교수는 "우리는 지금 사회주의로 가고 있다"는 말을 해 모두를 놀라게 한 적이 있다. 점잖게 말해서 '사회주의'지 사실대로 말하면 인류 역사에서 그 유례를 찾아볼 수 없는 최악의 공산주의의 아류(亞流)인 '전체주의'로 가고 있다는 뜻으로 받아들여도 무방할 것이다.

김정일의 핵개발 동조자에서부터 대변인까지, 국회를 공산혁명 교두보로 만들어 줌으로써 이석기 류(類)의 무뢰배들이 네 활개를 칠 수 있는 시대를 열어준 이적죄(利敵罪), 전교조의 반(反)국가적 행위를 법적으로 보장해줘 대한민국 교육현장을 공산이념 세뇌 교육장으로 전락시킨 죄, 두 차례의 연평해전과 천안함 폭침사건에서 보여준 민주당 정권의 상식 밖의 행태, 기무사령부를 동원해 국보법 폐지공작을 벌인 반역죄, 김정일에게 면죄부를 주기 위한 수단으로 KAL기 폭파범 김현희를 가짜 범인으로 만드는 공작에 국정원과 MBC방송까지 동원한 국가반역죄.

두 동강 난 천안함 인양 장면 연평해전에도 참가했던 역전의 초계함 천안함이 2010년 3월 26일 북한 잠수함의 어뢰공격으로 침몰되었다. 북한의 불법 기습공격으로 46명의 젊은 용사들이 희생되었다.

김현희를 가짜로 만들면 김정일은 테러범이라는 오명에서 순간적이나마 벗어날 수 있지만, 대신 대한민국이 테러범이라는 누명을 뒤집어쓰게 된다. 그걸 노리고 저들은 그런 끔찍한 공작을 꾸몄던 것이다.

어디 그뿐인가? 2002년 대선에서 병풍(兵風)으로 온 국민을 정신착란에 빠뜨리고 나라 전체를 태풍 속으로 몰아넣었던 김대업의 사기극은 누구의 작품이었던가? 사기, 협박, 공갈, 무고, 명예훼손, 거짓말의 대명사이자 사기꾼인 김대업을 의인(義人)으로 둔갑시켜 친북정권을 창출해 냈고, 그 후유증이 오늘의 국가위기를 가져온 것이다.

한두 번 소개한 적이 있지만, 여기서 다시 떠오르는 것이 셰익스피어의 작품 《율리우스 카이사르》에 나오는 유명한 대사 한 토막이다. "사람들이 행한 죄악은 그 사람이 죽은 뒤에도 살아 있지만, 선행(善行)은 그 사람의 뼈와 함께 무덤에 묻히는 경우가 많다." 지금 대한민국의 현실을 이보다 더 실감나게 표현한 문장은 없을 것이다.

영원히 살아 후세를 이끌어갈 이승만과 박정희의 선행은 그들의 죽음과 함께 땅에 묻히고, 김대중과 노무현의 죽음과 함께 땅에 묻혔어야 할 그들의 악행은 여전히 살아서 후세들의 미래를 죽이고 있는 우리의 현실을 그대로 대변하고 있다는 말이다.

그런데도 국민들의 생활은 신선놀음에 도끼자루 썩는 줄 모르고 흥청망청이다. 때리는 시어머니보다 말리는 시누이가 더 밉다는 우리 속담처럼, 사리분별을 못하고 그저 즐겁고 편하게만 살자는 생물학적 충동에 취해 사는 영혼 없는 국민들의 생활자세(정신상태)다. 4.15총선 결과가 보여준 그대로다.

이런 꼴을 보자고 숫한 우리 젊은이들과 자유세계가 하나 되어 피 흘려 이 나라를 살려낸 것은 아니지 않는가. 6·25남침전쟁의 의미와 그 교훈이 이렇게 무참히 망가져도 제대로 된 저항, 제대로 된 분노를 어디에서도 찾아볼 수가 없다는 것은 또 하나의 6·25남침을 당하는 것 같아 참을 수 없는 분노를 느낀다. 저항의 바탕은 분노인데, 분노할 줄 모르는 국민에게 저항의식이 있을 리 있겠는가.

우리는 무엇보다도 6·25남침전쟁과 같은 처절한 과거가 전해주는 메시지를 제대로 읽지 못하면 어떤 형태의 미래 국가의 그림도 그릴 수가 없다. 시간의 흐름과 이념의 홍수 속에 약효가 다 바랬다고 하지만, 그래도 6·25세대가 얻은 교훈은 값진 것이다. 그 교훈이 오늘의 대한민국을 있게 한 원동력이 되었다는 역사적 사실은 누구도 부정할 수가 없다.

"과거의 역사에서 교훈을 얻지 못하면 그 과거를 되풀이하는 저주를 받는다"고 한 산타야나 교수의 경고를 떠올릴 때마다 우리의 미래가 무서워진다. 6·25남침 70돌을 맞으며 느끼는 산타야나의 경고가 주는 공포는 그래서 더 전율을 느끼게 하고 잔인해진다.

6·25남침 70돌을 맞으며 특히 기억해야 할 것은 우리들 중 그 누군가가 김대중, 노무현의 후예들에게 '북핵위기'의 책임을 물어야 한다는 것이다. 한 마디로 우리가 북한의 핵위협 앞에 노출된 채, 포로 신세가 된 것은 북한이 '핵보유국'이 된 위력 때문이 아닌가? 그런데 자유우파 진영 어디에서도 책임을 묻자는 소리는 들리지 않는다. 모두가 살진 돼지가 된 것일까?

이제 6·25남침 70돌을 맞으며 되새겨야 할 것은 지나친 자유와 방탕 속에 잊힌 6·25남침전쟁의 교훈을 되살려 새 국가발전의 원동력으로 삼자는 것이다. 바로 대한민국이 사는 길이다.

우리가 6·25남침전쟁을 통해 얻은 가장 값진 교훈은 '힘', 곧 '국력'을 길러야 한다는 것. 자체 힘이 없어 남의 힘을 빌려 나라를 지켜야 했던 뼈아픈 과거를 결코 잊어서는 안 된다. 다시 말해 자주(自主), 자조(自助), 자립(自立)정신이 우리의 시대정신이 될 때, 국가의 힘은 스스로 강해진다는 것, 역사의 귀중한 교훈이다.

개인이나 국가나 혼자서는 살아갈 수 없다는 세상의 '이치(理致–사물의 정당한 도리)를 깨달은 것이 그 두 번째 교훈이라 할 수 있다. 힘이 없어 낙동강까지 쫓겨 갔던 절체절명의 위기에서 미국과 유엔의 희생적 도움이 없었다면, 지금처럼 여러분이 자유와 풍요를 만끽할 수 있겠는가?

이웃이 있어야 한다. 정직한 이웃이 있어야 한다. 정직한 이웃을 가지려면 자신부터가 정직해야 한다. 대한민국은 그런 정직한 이웃을 가진 덕분에 살아남아 세계 10대 경제대국을 이루었다. 하지만 자신부터가 정직하지 못한 데다 불량한 북한은 세계를 상대로 구걸하면서도 300만 이상을 굶겨 죽이는 거지국가로 추락했다. 천국과 지옥을 가른 열쇠는 바로 정직한 이웃에 있었다. 이것이 6·25남침전쟁이 주는 냉엄한 역사의 교훈이다.

세 번째 교훈은 국가지도자는 언제나 현장에서 과감한 결단과 용기로 현장을 지도해야 한다는 것. 이승만이 그랬던 것처럼. 그리고 시오노 나나미의 말처럼, 언제 쏟아질지 모르는 소나기에 대비해 항상

미국산 쇠고기 수입반대 촛불시위(광우병 촛불시위) 2008년 6월 10일, 태평로

국민이 쓸 수 있는 우산을 준비하는 것이다. 그런 준비가 부족했던 탓에 6·25남침전쟁이라는 혹독한 대가를 치르지 않았던가. 신생국 입장에서는 그럴 수밖에 없었지만.

　6·25남침 70돌에 기억해야 할 것은 첫째, 독버섯에 사랑의 물을 준다고 절대로 식용버섯이 되지 않는다는 것. 둘째, 이승만, 박정희 정신에 길이 있다는 것. 셋째, 프랑스의 대표적 지식인 사르트르의 말처럼, 힘은 힘으로만 제압할 수 있다는 것. 넷째, 국가지도자부터 정직해야 한다는 것.

그리고 또 하나 다짐해야 할 것은 6·25남침전쟁에 참전했던 어느 통역장교의 말처럼, 6·25남침전쟁은 과거의 역사가 아니라 우리가 약해지면 언제라도 다시 겪을 수 있는 산 역사라는 사실이다.

이런 사실들을 진실로 받아들일 때, 6월의 분노는 스스로 누그러들고 아픈 기억은 치유와 희망의 기억으로 바뀔 것이다.

知識人의 良心이 세상을 바꿉니다

한 노인이 목욕탕에서 나오는데, 어떤 사람이 물었습니다. "탕 안에 사람이 많으냐"? 노인은 "한 명도 없다"고 대답했습니다. 목욕탕 안으로 들어간 그 사람은 탕 안에 사람들이 꽉 차 있는 것을 보고 밖으로 나와 노인에게 화를 냈습니다. 노인은 이렇게 대답했습니다.

"돼지새끼는 많던데 사람은 없더군."

이 노인은 바로 고대 그리스의 견유학파(犬儒學派)를 대표하는 디오게네스(Diogenes)였습니다. '정직한 사람'을 찾기 위해 대낮에도 늘 등불을 들고 다닌 디오게네스, 그는 무엇보다도 자유를 사랑했고, 힘 있는 사람들에게 진실 말하기(正義)를 꺼리지 않았으며, 아닌 것은 아니라고 말하는 지식인 최고의 덕목을 몸으로 실천한 지식인이었습니다.

정직한 사람을 찾는 디오게네스(1780)

그는 무엇보다도 물질에 대한 욕심 때문에 인간의 정신이 망가져 가는 데 분노한 시대의 양심이었습니다. 그래서 문명을 거부하고 길거리 나무통속에서 살며 '무소유(無所有)'를 실천했던 철학자였습니다.

그런 숭고한 정신의 소유자 디오게네스가 만약 대한민국이라는 '목욕탕'을 들여다본다면 과연 무어라고 할지, 궁금하지 않습니까? 분명 이런 말을 하며 침을 뱉을 것입니다.

"동물의 썩은 사체(死體)까지 게걸스레 뜯어먹는 붉은 하이에나 떼만 우글댈 뿐, 사람은 없더군."

완장부대의 사냥개들에게 물어뜯겨 제 몸 하나 제대로 추스르지 못하게 된 대한민국, 디오게네스의 눈에는 당연히 그렇게 비쳤을 것입니다.

여러분은 혹시 여러분이 무엇 때문에 비트겐슈타인이 말한 '진실을 말하는 것이 거짓말하는 것보다 더 고통스러운 세상'을 살고 있는지 고민해본 적이 있습니까? 그리고 '지식인의 양심'이 무엇인지를 생각해본 적이 있습니까? 우리가 처해 있는 암울한 현실을 사람 본연의 관점에서 성찰해 보자는 뜻에서 정직과 진실과 정의를 사랑한 디오게네스에 얽힌 일화 한 토막을 적어 보았습니다.

1898년 1월 13일, 프랑스의 문호(文豪) 에밀 졸라(Emile Zola)는 프랑스 역사상 가장 치욕으로 기록된 드레퓌스(Dreyfus) 사건을 고발할 당시 "眞實이 진전하기 위해서는 얼마나 많은 늪지대를 지나야 하는가."라며 썩어빠진 프랑스 사회에 대한 고민을 토로했습니다.

지금 우리는 에밀 졸라가 그처럼 비통하게 세상을 한탄하던 것 이상으로 참담한 세상을 살고 있습니다. 다시 말해 良心이 고통을 느끼지 못할 정도로 마비돼 있는 '소시오패스(sociopath=일종의 정신장애로 자기 이득을 위해선 살인이나 범죄를 저지르고도 전혀 양심의 가책을 느끼지 않으며, 언제나 상대를 기만하고 선동한다)형 인간들이 지배하는 세상을 살고 있다는 말입니다. 그래서 드레퓌스 사건이 주는 역사적 교훈의 가치가 더 돋보이는지 모릅니다.

드레퓌스 사건이란 19세기말, 프로이센-프랑스 전쟁(1870~1871) 패배의 충격으로 프랑스 전체가 정신적 공황 상태에 빠지고, 여론은 극도로 악화된 상태에서 국면전환이 절실해진 프랑스 정부는 패배 원인이 국가 배신(반역) 행위에 있다는 거짓으로 국민

드레퓌스 사건 무장해제당하는 드레퓌스

을 속이고, 국가권력을 동원해 공작을 꾸미는 과정에서 유대인인 드레퓌스 포병대위를 스파이로 조작해 희생시킨 사건입니다.

드레퓌스 사건은 전쟁 패배의 후유증이 국가존망의 위기로까지 몰아갈 수 있다는 심각성이 가져온 국가 차원의 범죄행위였지만, 지금 한국에서 벌어지고 있는 '한국판 드레퓌스 사건'은 청와대 점령군이 마구잡이로 자행하고 있다는 점에서 그 죄질이 더 고약한 것입니다.

약 1년 뒤 진범이 밝혀졌지만 프랑스 군은 그를 오히려 해외로 전출시켰고, 군법회의는 진범에게 무죄를 선고했습니다. 하지만 거짓으로

진실을 덮으려던 프랑스 정부는 '眞實의 힘' 앞에 무릎을 꿇었습니다. 결국 프랑스 정부는 1899년 9월 드레퓌스를 특별 사면했습니다. 이 사건은 '지식인의 양심'이 세상을 바꾼다는 값진 교훈을 남긴 고귀한 역사적 사례가 되었습니다.

이 사건을 보면서 권력의 사냥개로 전락한 한국의 재판부와 검찰과 권력기관(전체가 아닌)이 진범을 해외로 도주시키고 무죄를 선언한 프랑스 '군법회의'의 잘못을 그대로 따라하고 있는 것은 아닌지, 걱정스럽습니다.

여기서 우리는 진실은 반드시 드러난다는 교훈과 함께 제아무리 거대한 국가권력이라도 良心 앞에서는 무릎을 꿇을 수밖에 없다는 산 교훈을 얻게 됩니다. 백 여 년이 지난 지금도 우리에게 생생하게 현실로 다가오는 이유는 바로 '知識人의 良心'이 세상을 바꾼다는 眞理 때문입니다.

지금 우리에겐 그 어느 때보다도 지식인의 역할이 요구되는 때입니다. 우리는 지식인이란 '성향이 진보이든, 보수이든 올바른 사회를 만들기 위해 사회에 적극 참여하는 사람들'이라고 믿고 존경해왔습니다.

우리가 에밀 졸라를 지식인을 상징하는 인물로 보는 이유도 바로 사회의 옳고 그름을 따지는 분별력(교양)을 갖추었기 때문입니다. 그리고 '나는 고발한다'에서 인간 본연의 양심을 행동으로 옮기는 에밀 졸라의 진면목을 보았기 때문입니다.

좀 더 현실적으로 말한다면 어느 교양인의 말대로 '합리적으로 생각하고, 사회의 부조리를 고발하며, 옳은 목소리를 내고, 세상과 거짓없이 소통하며, 순수하게 살아가는 사람, 기본에 충실하고 자신이 가진 학문과 지식을 사회에서 일을 통해 실현하는 사람이 지식인'이라고 믿기 때문에 우리의 어려움을 '지식인 사회'에 호소해 왔습니다.

지식의 상품화 내지 출세의 도구화, 또는 전통적 지식인 사회의 붕괴와 그에 따른 지식인으로서 지녀야 하는 양심의 마비현상, 그리고 지식인의 비굴함(소심)과 자기편의주의에 빠져 있는 지식인 사회의 타락을 비판하는 목소리가 높은 것도 사실이지만, 그래도 무기력한 사회에 활력을 불어넣고, 죽어가는 국민정신을 깨울 수 있는 힘, 惡의 세력과 싸울 힘도 지식인에게서 나온다는 사실은 부인할 수가 없습니다.

문제는 "잘못된 현실을 바로 잡는 방법론은 사실의 존재를 그대로 파악하는 데서 찾을 수 있다"고 한 류성룡의 말처럼, 이제는 대놓고 '연방제'로 가겠다며 국가 체제를 뿌리째 뒤집어 놓으면서도 큰 소리치는 촛불완장부대의 힘이 어디에서 나오느냐는 것과 어떻게 풀어야 하느냐는 것입니다.

이 모든 책임은 전적으로 국민 스스로가 져야 합니다. 다시 말해,

거짓말과 괴담(怪談)을 듣는 귀는 무한대로 진화한 반면, 진실과 양심의 소리를 듣는 귀는 회복이 불가능할 정도로 퇴화(退化)된 상태에서 붉은 선전선동을 아무 생각 없이 사실로 받아들이는 데 문제가 있다는 말입니다.

거기에다가 지나친 민주주의와 지나친 자유, 그리고 분에 넘치는 풍요에 젖어 사리(事理)분별을 못하고, 그저 잘살고 즐겁게 살자는 생물학적 충동에 빠져 살아가는 국민이 촛불완장부대의 먹잇감이 되고 있다는 사실을 모르고 있다는 것이 문제입니다.

1950년 12월 13일, 미 해병 제1사단장 올리버 스미스 장군은 흥남철수작전이 시작되기 직전 장진호 전투에서 전사한 해병대원들의 임시묘지(흥남)를 찾았습니다.

무덤 앞에 선 스미스 장군은 "너희들의 죽음은 결코 헛되지 않다. 이 민족은 피를 흘려서라도 구원해야 할 가치 있는 민족이다"라는 말을 하며 전사한 부하들의 명복을 빌었습니다.

스미스 장군은 항공편으로 철수하라는 상부의 지시를 어겨가며 한국인 피난민을 살리기 위해 부상병들만 항공편으로 후송하고, 일반 장병들은 피난민을 보호하며 피난민과 같이 육로로 철수했습니다. 스미스 장군은 죽음을 각오하고 자유를 찾아 나선 피난민을 지옥의 땅에 그대로 내버려 두고 떠날 수가 없었습니다.

스미스 장군은 우리의 어떤 면을 보고 피를 흘려서라도 구원해야 할 가치 있는 민족이라고 했을까? 그렇게 외국 군대가 피를 흘려서라도 구원해야 할 가치 있는 민족으로 비쳐졌던 우리가 어쩌다 이 지경까지 추락했는지 뼈를 깎는 자기성찰이 있어야 하겠습니다. 스미스 장군이 다시 살아

올리버 스미스 장군(1893~1977)

돌아와 대한민국의 현 주소를 보고도 똑같은 말을 할 것인가? 사뭇 궁금해집니다.

미치광이 히틀러가 트럭으로 사람을 마구 치어 죽이던 나치 독일에는 신학자이면서 시대의 양심이었던 지식인 디트리히 본회퍼가 있었고, 국가권력이 꾸민 날조된 드레퓌스 사건으로 진실이 죽어가던 프랑스에는 '지식인의 양심' 에밀 졸라가 있었습니다.

디트리히 본회퍼와 에밀 졸라—이들이 살았던 시대와 지금 시대를 단순하게 비교할 수는 없겠지만 반드시 지켜야 할 원칙이라는 것은

있고, 이들은 그 원칙을 지키고자 하였던 것입니다.

고대 그리스 신화에 '프로크루스테스의 침대'라는 이야기가 나옵니다. 프로크루스테스는 고대 그리스 신화에 나오는 강도로, 지나가는 길손을 초대해 자신의 침대에 눕히고 나서 길손의 키가 침대보다 길면 길손의 다리를 침대 길이에 맞추어서 잘라내고, 길손의 키가 침대보다 짧으면 길손의 다리를 침대 길이에 맞추어서 억지로 늘려서 죽였다고 합니다. 이처럼 자신이 세운 일방적 기준에 다른 사람들의 생각을 억지로 맞추고자 하는 아집과 편견을 일컫는 이 용어를 지금의 집권 세력의 경우에 대입해서 살펴보면 딱 들어맞습니다. 그러면 그들은 이렇게 반박할 것입니다 ― 그럼 박정희 정권 18년 동안에 벌어진 각종 시국 관련 사건을 두고서 당시 집권 세력이 내린 판단은 프로크루스테스의 침대의 경우와 다를 게 뭐가 있느냐, 특히 박정희가 집권 연장을 위해서 획책한 3선 개헌에 대해서 이야기를 해보라고.

이 반박에 나는 다음과 같이 말하고자 합니다. 박정희 대통령은 어디까지나 나라의 앞날과 후손들을 생각해서 그렇게 한 것이지, 지금처럼 탄압받던 과거의 원한을 푸는 수단으로 삼은 것은 아니라고. 그리고 3선 개헌으로 대표되는 사건은 이미 평가가 내려진 과거의 일이고, 그보다 중요한 것은 지금 눈앞에서 벌어지고 있는 현재의 일이다. 그리고 그 후유증에서 지금까지도 완전히 벗어나지 못하고 있는 것을 볼 때, 과거의 어리석음을 되풀이하는 것이야말로 진짜 어리석은 짓이 아니냐고.

그러면 그들은 다시 이렇게 반박할 것입니다. 그것은 당신네들이 가해자의 관점에서 본 것일 뿐이며, 피해자의 관점에서 한 번이라도 본 적이 있었느냐고. 그리고 당신네들은 당신네들이 가해자라는 것을 한 번도 인정하지 않았을 뿐 아니라 그렇게 생각하지도 않기 때문에 사과할 생각도 없는 것이 아니냐고. 경제개발이라는 공(功)을 앞세워 자신들의 잘못을 인정하지도 않고 사과하지도 않는 과(過)야말로 진짜 어리석은 짓이라고.

이 즈음의 시국은 이런 식의 논쟁으로 허송세월을 할 때가 아니라 본회퍼와 졸라와 같은 제대로 된 지식인이 나타나서 왜곡된 진실을 바로 잡아야 할 때라고 생각합니다.

'지식인의 양심'이 세상을 바꾼다는 평범한 이 진리가 죽어가는 국민의 영혼을 일깨우고 나아가 우리의 시대정신으로 자리 잡게 될 때, 참된 지식인은 우리 곁으로 찾아올 것입니다. 그리고 잘못된 것은 반드시 바로 잡아야 할 것이며, 그 뒷받침은 지식인의 몫이 되겠지만 그 지식인 또한 어느 한쪽 의견에 치우쳐서 다른 쪽의 의견은 아예 무시하는 고집쟁이가 아닌 마음이 열린, 양심이 있는 사람일 경우에 '지식인의 양심이 세상을 바꾼다'라는 말은 만고의 진리로 남게 될 것입니다.

'知識人의 良心' ―지금 이 시대의 소중한 준거(準據)입니다.

불과 얼음의 시간에서
고산고정일

　시간은 전쟁처럼 본능적 냉담으로 무장한 난폭스런 파괴자이다. 크로노스가 제 자식들을 먹어 치우듯이, 시간이 지나간 뒤에 살아남는 것은 아무것도 없다. 나는 오늘도 꿈결에서 그 겨울전장을 헤맨다. 하얀 은사시나무들을 끝간 데 없이 심어놓은 듯한 얼음산 사이를 뛰어다닌다. 거대한 얼음산은 은비늘 창백한 구름으로 가득한 하늘에 닿아 있다. 얼어붙은 붉은 잎, 핏빛 숲을 이룬 바리산 골짜기. 하늘과 땅은 눈보라에 뭇매를 맞는다. 내 몸뚱이가 갑자기 얼음 골짜기로 떨어진다. 눈길 닿는 곳마다 차가운 얼음뿐. 셀 수 없는 핏빛 점들이 산호 그물망처럼 엉겨 있다. 발아래를 보니 활활 불꽃이 타오르는데, 그 속에 어머니와 두 동생 그리고 사람들이 초연히 누워 있다. 이 혹독한 전장의 겨울이 가고 나면 또다시 봄이 찾아오겠지. 나뭇가지마다 파릇한 움이 돋겠지. 청동 홀(笏)처럼 튼실하고 윤기 나는 싹이 트겠지. 황녹색 꽃송이 피어오르면 영롱한 연둣빛으로 물들 테지. 이토록 눈부신 세상이 오는 것도 모르고 그들은 그렇게들 떠나갔다.

　땅을 뒤흔드는 굉음, 쇳소리 울림이 고막을 찢을 듯 때렸다. 순간, 섬광이 번쩍이다가 사라졌다. 머리가 깨질 듯 아파 왔다. 캄캄한 어둠 속 공포에 휩싸인 비명과 신음. 서까래 사이에서 흙부스러기들이 내

몸 위로 마구 쏟아져
내린다. 매캐한 연기와
흙먼지가 스며든다.

'어머니! 어머니!'

심장만 팔딱댈 뿐 소
리는 사뭇 입안을 맴돌
뿐이다. 아기 울음소리.
두 살배기 막내 겸이가
울고 있다. 칠흑 같은 어
둠 속에 나는 어머니와
동생들을 찾으려 필사
적으로 이곳저곳을 더
듬었다. 손에 닿는 것이
라곤 무너져 내린 대들

폭탄을 투하하는 B-29 미군 폭격기

보와 서까래, 흙덩이들. 온몸을 짓누른 그 파편들을 떨어내며 가까스
로 기어 나왔다. 전폭기들이 날아들자 폭탄이 터져 오른다. 폭발음이
잇따라 들리고 시뻘건 불기둥이 치솟아 올랐다. 주위가 붉게 밝아졌
다. 여기저기 솟구치는 불길, 검붉은 화마가 온마을을 집어삼키고 있
었다. 울부짖는 소리가 곳곳에서 들려왔다. 포탄이 쉿소리를 내며 잇
따라 작렬할 때마다 하늘과 땅이 거세게 요동쳤다.

날이 샐 무렵에야 전폭기들이 사라졌다. 안개인지 포연인지 분간조
차 못할 회색 장막이 걷히고, 아침햇살이 바라산을 보랏빛으로 물들
이며 밝아오자 참혹한 광경이 또렷이 드러난다. 이곳저곳 널브러진 시

커멓게 그을린 몸뚱이들이 보인다. 검붉은 심장에서 피가 솟고 다리가 떨어져 나간 여덟 살 훈이의 조그만 몸뚱이가 나뒹군다. 그 옆 대들보에 짓눌린 어머니가 애처롭게 뜬 눈으로 위를 쳐다본다. 가슴에는 아기 겸이를 두 손으로 꽉 부둥켜안고 있다. 겸이는 미소 띤 얼굴 그대로 숨을 쉬지 않는다.

나는 어머니 얼굴에 뺨을 비벼대며 울부짖었다. '어머니! 어머니!' 어찌된 일인가! 칼이 목구멍을 저미는 것만 같다. 말이 되어 나오지 않는다. 윙윙거리는 귓속 쇳소리만 가까워졌다 멀어진다. 여기저기 포탄이 터진 구덩이마다 피투성이 주검들이 널브러져 있고 살덩이와 선혈이 낭자하다. 건넌방 수진네 세 식구 시신이 마당에 흩어져 있다.

전폭기들이 또 날아들었다. 마을은 다시 한 번 불바다로 변했다. 번쩍, 하늘을 가르는 청백색 폭발, 열풍, 충격. 불길은 거세게 타올랐다. 집채에 깔린 사람들이 이글거리는 불꽃 속에서 비명만 질러댈 뿐이었다. 생명들이 주검으로 변해가고 있었다. 나는 그저 목 놓아 울기만 했다. 이를 악물고 훈이의 흩어진 몸조각들을 어머니와 막내 곁으로 그러모았다. 불탄 초가지붕 재를 바가지로 퍼다 덮고 또 덮는 그 위로 눈물이 쉽없이 뚝뚝 떨어졌다.

동네 어귀 우물가로 피란민들이 모여들었다. 막장에서 기어나온 듯한 시커먼 얼굴들에는 눈물조차 말라버렸다. 죽음의 구렁에서 필사적으로 탈출한 넋 나간 모습들……. 초가집 오십여 채 달마을에 백 명이 넘던 피란민. 그 가운데 살아남은 사람은 어른 아이 합쳐 열대여섯 명에 지나지 않았다. 우리 가족이 묵던 집 열세 명 가운데 살아나온 것은 나 하나뿐이었다. 미처 피란 못 간 마을사람들은 뒤울 안에 파놓은 방공토굴로 피신해 살아남았지만 그들은 폭격이 끝난 뒤에도 밖으로 나오지 않았다.

"모두 정신 차리고 힘냅시다. 혹시 집 안 어디에 아직 숨이 붙어 있는 사람이 있을지도 모르지만 어쩔 수 없어요. 지금 바로 저 앞산 등성이 너머 신갈 쪽 미군 진지로 가야 목숨이라도 부지할 수 있을 것 같소. 미군은 이 마을에 중공군이 아직 남아 있다 생각하고, 중공군은 미군이 마을을 점령했다고 오인해 서로 포탄을 쏘아대고 있어서, 더 어물거리다가는 모두 죽고 말아요."

초췌한 모습의 노인이 칼칼한 목소리로 외쳤다. 얼마 전 달마을 인민재판 때 맨 뒤에서 침울한 표정으로 말없이 머리를 숙이고 있던 그 노인이었다. 흙빛 얼굴에 병색이 짙었지만 날카로운 눈빛만은 활시위를 겨누듯 팽팽하고 강렬했다.

"어르신 말씀이 옳아요. 미군은 이참에 중공군과 인민군을 싹 밀어버릴 속셈인가 봐요. 그들이 이 마을에 남아 있는 줄 알고 폭격을 해대는 거지요. 미그전투기들 또한 미군이 들어온 줄 알고 계속 공습을 해댈 테니 우물쭈물하다간 모두 죽고 말 거예요."

안경 쓴 아주머니가 두려움에 몸서리치며 말했다. 개성댁인 이 여인은 겁에 질린 소녀의 손목을 잡고 있었다.

"자, 어서 떠납시다. 기껏 늙은이와 부녀자, 아이들뿐인데 설마 미군이 우릴 죽이기야 하겠소."

노인은 죽은 여자의 흰 치마를 찢어 나뭇가지에 매달아 들고 앞장섰다. 나는 뒷걸음질쳤다. 무언가 말하려 했지만 입술만 달싹여질 뿐 말이 되어 나오지 않았다. 겨우 튀어나온 "어어어…… 어어어……" 신음 같은 외마디뿐이었다. 나는 머리를 감싸고 흐느꼈다.

"쯧쯧, 오죽했으면 어린 게 말문이 막혔을까. 그래, 내가 네 마음 다 안다. 허나 네가 살아야 어머니와 동생들 뼈라도 추릴 수가 있지."

노인이 내 어깨를 토닥이며 말했다.

"······사람이 죽고 사는 게 꽃이 피었다 지는 것과 같은 이치란다. 누구나 한 번 태어나면 죽기 마련이야. 착하게 산 사람은 꽃이나 하얀 나비가 되어서, 아니면 바람으로라도 우리 곁에 머물게 된단다. 너무 슬퍼하지 말아라."

늘 어머니가 하시던 말씀이 떠올랐다. '이 세상 살다보면 억울하고 분한 일들을 수없이 겪는단다. 그걸 참고 이겨내야지, 사내자식이 눈물이나 짜고 있으면 어른이 되어도 큰일을 할 수 없다.'

나는 입술을 꽉 깨물고 울음을 삼켰다.

서울에서 피란을 떠난 1월 3일 아침. 그날도 하늘 가득 굵은 눈발이 날렸다. 하얀 회오리바람이 하늘을 뒤덮었다. 사정없이 입과 콧구멍으로 처박히는 눈발에 숨도 제대로 쉴 수 없었다. 우리는 쫓기듯 걸음을 재촉했다. 두모포 건너 남쪽으로 내려가는 피란민 행렬이 끝없이 이어졌다. 꽁꽁 얼어붙은 한강은 그대로 눈 덮인 벌판이었다. 수진 아버지가 앞장서 수레를 끌고, 수진 어머니와 동생 겸이를 업은 우리 어머니가 뒤에서 밀었다. 동생 훈이와 수진은 얼음판에 미끄러져 넘어지면서도 잘 따라왔다. 멀리 용산역 쪽 하늘이 검붉게 타오른다. 전폭기들의 폭격이 이어지고 있었다. 얼굴을 때리는 눈발은 눈물이 되어 흘러내려 줄곧 주먹으로 훔쳐내야만 했다. 국군 지프 한 대가 병사들

중공군의 개입으로 얼음 조각이 떠다니는 대동강을 건너 남하하는 피난민들 1951년 11월 2일

을 실은 트럭 여러 대를 이끌고 경적을 울리며 나아갔다. 수진 아버지
가 운전석 옆 장교에게 쫓아가 물었다.

"어디까지 후퇴합니까?"

"걱정 마세요. 수원은 꼭 지켜낼 겁니다. 미군 24사단이 내일 도착합
니다."

수진 아버지가 혀를 차며 중얼거렸다.

"무슨 군대가 물러설 궁리만 하나. 잘도 달아나네."

퍼붓는 눈발이 산과 들을 하얗게 덮어 갔다. 어둠이 내리자, 우리
는 한길에서 그리 멀지 않은 산등성마을 빈 초가로 들어섰다. 방 한

칸에 지친 일곱 식구가 옹크린 채 잠에 곯아떨어졌다.

갑자기 요란스럽게 굴러가는 탱크 소리에 놀라 잠에서 깨어났다. 창문이 푸르스름하게 젖어 오고 있었다. 이미 떠나 버린 국군 대신 중공군이 앞서고 인민군이 뒤따라 눈 덮인 마을로 들어왔다. 오산 망월리 외갓집을 반나절 거리에 두고 우리는 그들의 볼모가 되고 말았다. 산 너머가 바로 신갈인, 바라산 골짜기 피밭으로 이름이 나서 피밭골이라 불리다가 이젠 피밭골 달마을로 불리는 곳이었다. 멀리 수원이 내려다보이는 바라산 정상을 중심으로 진지를 구축한 중공군 인민군은 달마을 큰 집 몇 채에 전선 지휘부를 설치했다. 부인네들이 주먹밥을 뭉치고, 남정네들은 그것을 지게에 짊어지고 바라산 봉우리 중공군 인민군 부대로 날랐다.

인민군은 저녁마다 피란민들을 마을회관에 모이도록 했다.

"우리 조선민주주의인민공화국 군대는 위대한 스탈린 원수, 마오쩌둥 원수의 절대적 지원을 받는 김일성 장군 영도로 미제국주의 이승만 괴뢰들에게 압제받는 남반부 인민들을 해방하러 내려왔소."

갈색 누비 군복에 기관단총으로 무장한 여군들이 나서서 김일성 장군이야말로 불세출의 영도자라며 열변을 토했다. 모두 스무 살도 채 안 되어 보이는 앳된 얼굴들이었다.

"장백산 줄기줄기 피어린 자욱, 압록강 굽이굽이 피어린 자욱, 력력히 비춰주는 거룩한 자욱, 아 그 이름도 그리운 우리의 장군, 아 그 이름도 빛나는 김일성 장군……."

'장군의 노래'를 가르치며 감정에 북받쳐 눈물까지 글썽이는 여군들 눈빛에는 격정의 광기가 넘쳤다. 인민군이 피밭골 달마을을 점령

철원 조선노동당사

한 지 사흘째 되는 이른 아침이었다. 그들은 마을을 돌며 집집마다 한 사람씩 마을회관 큰 마당으로 모이라고 외쳐댔다. 어머니는 감기로 꼼짝 못하는 수진 아버지 대신 나더러 가보라고 했다. 마을회관에 가보니 마당에 사람들이 모여 있고 뒤쪽에는 짱돌이 무더기로 쌓여 있었다. 사람들 틈을 비집고 들어가 보니 새끼줄로 손발이 묶인 마을 이장 부부가 땅바닥에 꿇어앉혀 있었다. 미처 피란하지 못하고 토굴에 숨어 있다가 머슴 황복에게 끌려나왔다고 한다. 이장은 분노가 이글거리는 눈길로, 붉은 완장을 찬 머슴 황복을 노려보고 있었다. 부인은 눈물을 흘리며 황복에게 살려달라고 애걸했다. 황복은 이장 부부의 눈길을 피하며, 시퍼렇게 간 낫을 반으로 분질러 매단 지게작대기 끝으로 땅바닥을 마구 두드리며 고래고래 소리를 질러댔다.

"인민 여러분! 이 반동 연놈 새끼를 어찌하믄 좋겠소?"

기관단총으로 무장한 인민군 대여섯이 살기등등한 눈빛으로 사람들을 둘러보고 있었다. 마을 사람들은 공포에 휩싸여 이장 부부를 똑바로 바라보지도 못했다. 두려움에 몸을 바들거릴 뿐 어찌해야 좋을지 몰라 쭈뼛거렸다. 한 인민군 하전사가 앞으로 나서며 악을 썼다.

"동무들! 어째 입을 다물고 있소? 이 반동의 큰아들놈은 괴뢰군 장교새끼고 작은아들놈은 수원경찰서 괴뢰 쫄짜요."

그는 황복을 노려보았다. 왜 머뭇거리냐며 쏘아보는 눈길은 섬뜩하리만큼 매서웠다. 마을 사람들은 너나 할 것 없이 몸을 부르르 떨었다. 황복은 잠시 망설이는 듯하더니 이내 입술을 꽉 물며 지게작대기로 땅바닥을 내리쳤다. 그러고는 악을 썼다.

"지난 여름 김일성 장군을 찬양했다고, 이 반동 연놈의 자식새끼가 우리 형님을 수원경찰서로 끌고 가 때려죽였소!"

지리산 자락 산골에 살던 황포 황복 형제는 6·25가 터지기 전해에 서울로 올라가다가 이곳 달마을 머슴으로 눌러앉았다. 형 황포는 달마을 첫째가는 부잣집 장씨네에서, 동생 황복은 이장집에서 머슴살이를 했다. 그러던 지난 여름 인민군이 마을에 들어왔을 때였다. 미처 피란하지 못한 장씨네 가족 모두가 바라산 피밭 골짜기로 끌려들어간 뒤 다시는 돌아오지 않았다. 그들이 총살당했다는 소문이 파다했다. 일찍이 장씨네 큰아들은 대한청년단 간부로 그 일대 남조선노동당 당원 색출에 앞장섰었다. 게다가 보리타작이 한창이던 지난 여름 국군이 후퇴할 때, 용인군 일대 남로당원에서 전향, 보도연맹에 가입한 백여 명을 피밭골 골짜기로 불러내 모두 총살했다는 것이다. 황포는 피밭골 인민위 부위원장을 맡아 팔뚝에 붉은 완장을 두르고, 억눌려 살아온 설움을 복수라도 하듯 서슬 퍼렇게 날뛰며 행패를 부렸다. 주인집 안방을 차지하고는 보도연맹원으로 총살당한 윤씨네 젊은 새색시를 강제로 끌어들여 농락까지 했다.

어느 날 아침, 붉은 완장을 찬 황포가 활개치며 마을 오솔길을 걸어가다 마침 마주 오던 이장과 맞닥뜨렸다. 이장은 께름칙했지만 그냥 지나치기 뭣해 예전보다 한결 부드럽게 말을 걸었다.

"황포! 어디를 그리 부지런히 가나? 아침은 들었는가?"

그러자 황포가 독기 서린 두 눈을 부릅뜨고 노려보다 벼락같이 쏘아붙였다.

"뭣이! 황포라니, 이 늙은 동무 아직도 정신을 못 차렸군. 새날이 밝았는데도 이렇게 잠이 덜 깬 반동은 흠씬 매를 맞아야 정신을 차리지."

황포는 억센 주먹으로 이장의 뺨과 머리를 갈겨댔다. 그러고는 멱살을 잡아 동구 우물 앞 미나리밭으로 끌고 가 내동댕이쳤다. 그는 지지난해 동생 황복의 새경 문제로 이장에게 대들다 그 집 작은아들에게 피밭 골짜기로 끌려가 혼이 난 일로 앙심을 품고 있던 터였다. 이장이 모진 꼴을 당하는 광경에 놀라고 질린 마을 사람들은 그들 형제가 무슨 짓을 해도 감히 말리지 못했다. 황포와 마주칠까봐 겁부터 먹었다. 어쩌다 황포 모습이 어른거리기라도 하면 얼른 뒷길로 피했다. 이장은 꼬박 한 달을 앓아누웠다. 그러다 9월 미군이 인천에 상륙하고 10월 피밭골 달마을에 국군이 들어오자, 수원경찰서 형사인 작은아들은 미처 달아나지 못한 황포를 잡아갔다. 소문으로는 황포가 수원경찰서에서 혹독한 고문을 받다가 죽었다고 했다. 윤씨네 새색시 또한 목매달아 숨을 끊었다.

한 인민여군이 앞으로 나서며 외쳤다. 앙칼진 목소리가 무겁게 눌려 있던 분위기를 순간 확 깨뜨렸다.

"이 반동 새끼들은 백 번 죽어 마땅하오. 김일성 장군께서 얼빠진 미제국주의 앞잡이 괴뢰들을 살려 두면 혁명과업을 절대 성공할 수 없다 하셨소. 동무들은 장군님 말씀을 거역하겠다 이거요? 누구든 위대하신 김일성 수령님을 반대한다면 썩 앞으로 나서보란 말이오."

그러면서 독기 서린 눈을 치뜨며 기관단총 부리를 앞으로 쑥 내밀자 사람들은 하얗게 질렸다. 하나둘 주춤주춤 주먹을 쥐며 우물거리더니 이내 큰 소리로 외쳐댔다.

"반동을 처단합시다! 옳소! 옳소! 처단해요! 처단합시다!"

여기저기서 짱돌이 날아들었다. 모든 걸 체념한 채 고개를 숙인 이장 부부가 비명과 신음 속에 피투성이가 되었다. 짱돌은 핏무덤처럼 쌓였고 이장 부부는 처참하게 죽어갔다. 나는 차마 볼 수 없어 두 눈을 내리깔고 온몸을 부들부들 떨었다. 모두 사람이 아닌 사나운 짐승들 같았다. 옆에 섰던 한 노인이 가슴을 꽉 움켜쥔 채 땅바닥으로 풀썩 주저앉으며 혼잣말로 중얼거렸다. 나는 가슴이 울렁거리고 토할 것만 같아 쏜살같이 어머니에게로 달려갔다. 노인이 내뱉은 말이 내 뒤를 따라왔다. "세상이 미쳐버렸어! 모두 미쳐버렸어!"

그날 밤 나는 악몽을 꾸었다. 하늘에는 시뻘건 눈보라가 거칠게 휘몰아쳤다. 전폭기들이 바라산 구릉에 수없이 폭탄을 떨어뜨리고 있었다. 여기저기 불길이 치솟았다. 찢긴 살덩이가 붉은 눈덩이와 뒤섞여

흩어졌다. 병사들이 몸을 뒤틀며 숨이 끊어질듯 고통에 찬 신음을 토해냈다. 어찌된 일인지 산내들이 온통 붉은 피밭으로 뒤덮였다. 눈보라 속을 날며 흉측한 소리로 까악까악 울어대는 갈까마귀 떼들. 하늘에 큰 까마귀 한 마리가 너울너울 날고 있다. 낮도 밤도 아닌 시간, 밝음도 어둠도 아닌 세계, 골짜기 곳곳 썩어 문드러진 더러운 양배추 꽃처럼 움푹 들어간 해골의 눈구멍들이 하늘을 노려보고 있다. 피밭 군데군데 폭탄이 터져 팬 시커먼 웅덩이에서 무언가 꿈틀꿈틀 하나 둘 이어서 일어나더니 비칠비칠 걸어온다. 갈기갈기 찢어져 너덜거리는 군복 사이로 피투성이 맨살을 드러낸 병사들이 흐느적흐느적 다가온다. 그들이 두 손 내밀며 나를 부르지만 소리가 들리지 않는다. 무언가 간절히 애원하는 것만 같다. 그들과 나 사이의 거리가 차츰 가까워진다. 나는 몸서리치며 달아나려는데 도무지 두 발이 움직여지질 않는다. 땅에 붙어버린 듯 꼼짝할 수 없다. 나는 안간힘을 쓰며 마구 버둥거린다.

"얘, 이산아! 이산아! 정신 차려! 애가 몹쓸 꿈을 꾸나봐."

어머니가 나를 흔들어 깨우며 이마에 맺힌 식은땀을 닦아 주었다.

중공군들은 어둡고 지친 표정으로 침묵을 지켰다. 어쩌다 미군 쌕쌕이 폭격편대가 날아오면 아이들에게 "벤지 날라, 벤지 날라!" 낮은 소리로 외치며 어서 집으로 들어가라고 손짓을 해댔다.

그날 새벽 중공군이 처음 나타났을 때 그들에겐 무기가 없었다. 폭탄을 하나 매단 나무 작대기를 어깨에 메고 행진해 마을로 들어왔다. 총 한자루 없는 군대였다. 어른들 이야기에 따르면, 그들은 장제스 국부군으로 중공군의 포로가 되어 총알받이로 조선지원의용군에 투입

되었다. 그 얼굴들은 늘 체념에 차 어둡고 쓸쓸하기만 했다. 우리는 이불을 뒤집어쓰고 숨을 죽였다. 전쟁과 격리된 평화로운 이불 속에서 나는 동생 훈이와 함께 손전등을 비추며, 표지가 떨어져 나간 방정환의 동화집 《사랑의 선물》을 읽었다. 지난 겨울 크리스마스, 무역회사에 다니는 둘째 고모부에게 선물로 받아 내가 가장 아끼는 조그만 빨간 손전등이었다. 하늘과 땅을 뒤흔드는 포성 속에 이불을 뒤집어쓰고 빨간 손전등 불 밝혀 책을 읽던 그 시간. 타고르의 〈어머니께〉라는 시는 아직도 머릿속에 또렷하다.

'어머니, 당신의 정성어린 손길 아침해에 빛남을 보았습니다. 어머니, 당신의 깊고 크신 말씀들 소리 없이 하늘에 넘쳤습니다.'

어느 날, 훈이와 나는 처마 끝에 커다랗고 길게 매달린 고드름을 손전등으로 비추며 놀고 있었다. 내리쬐는 햇살이 손전등 빛과 어우러지며 고드름을 비추자 얼음덩이는 마치 무지개 사탕처럼 알록달록 바뀌며 반짝반짝 빛났다. 고드름 끝을 똑 소리가 나도록 한 입 베어 문 동생이 말했다.

"형! 나도 한번 해볼게. 응?"

내가 손전등을 건네자 훈이는 싱글벙글 이리저리 고드름을 비추다가 무지갯빛 광채에 탄성을 질렀다. 그동안 훈이가 몇 번이나 만져보고 싶어 했지만 손도 못 대게 한 손전등이었다. 학교 갈 때도 신문팔이할 때도 꼭 갖고 다녔다.

"야, 참 예쁘다! 와! 참말 멋져, 형. 그렇지? 꼭 무지개사탕 같아."

때마침 지나가던 인민군 하전사가 걸음을 멈추고, 병아리를 발견한 솔개 눈으로 우리를 매섭게 노려보았다.

"아새끼래, 기거 이리 내보라우!"

"싫어요! 우리 고모부가 주신 거란 말이에요."

나는 훈이 손에서 손전등을 빼앗아 얼른 주머니에 집어넣고 달아나려 했다.

"말을 앙이 들면 혼나는 거 모르간!"

그가 버럭 소릴 내지르면서 내 뒷덜미를 꽉 움켜잡더니 땅바닥에 패대기쳤다. 깜짝 놀란 훈이가 "앙!" 울음을 터뜨렸다. 울음소리를 듣고 어머니가 달려나와 쓰러진 나를 끌어안으며 두려운 표정으로 말했다.

"아니, 어린애가 무얼 안다고 그러세요. 너그러이 용서해 주세요."

그러고는 내 주머니에서 손전등을 꺼내 인민군 하전사에게 재빨리 건네주었다.

"진작 그럴 거이지. 반항하면 재미없는 줄 알라우!"

그는 내 빨간 손전등을 이리저리 만져보고 불까지 켜본 뒤 만족한 웃음을 입가에 흘리며 떠나갔다. 나는 너무 분해서 눈물을 글썽이며 씩씩거렸다. 어머니가 그런 나를 꼭 껴안고 달랬다.

"애야, 잊어 버려라. 더 못된 짓도 서슴없이 할 사람들이야. 엄마가 서울 가면 훨씬 예쁜 손전등 하나 꼭 사줄게. 사내녀석이 그깟 일로 눈물을 보여서야 쓰겠니. 억울하고 분한 일을 당하더라도 꾹 참고 이겨낼 수 있어야 앞으로 훌륭한 어른이 될 수 있단다."

그 일이 있고 나서 한 달이 지난 뒤였다. 중공군이 서울 쪽으로 후퇴하기 이틀 전이었다. 권 동무라는 인민군이 주먹밥을 나르러 왔다가 슬며시 내 옆으로 다가와서 아무 말 없이 무언가를 내 손에 쥐여

주었다. 바로 그 빨간 손전등이었다.

"나도 집에 너 만한 아들놈이 있단다."

나는 너무 놀라 고맙다는 인사도 하지 못했다. 권 동무는 내 마음을 다 안다는 듯 내 어깨를 토닥이더니, 쓸쓸한 웃음을 남기며 돌아갔다. 바라산 진지로 주먹밥 지어 나르는 일을 맡았던 그는 쌀과 소금을 가지고 집집마다 돌아다녔다. 권 동무는 늘 미안해하면서 마을 사람들에게 주먹밥 짓기를 부탁했다. 그는 서른 살도 훨씬 넘어 보였는데 왜소한 몸집에 언제나 말이 없었다. 아이들도 그를 졸졸 따라다니면서 "권 동무! 권 동무!" 친구처럼 불러댔다. 그래도 그는 싫은 내색 한 번 하지 않고 언제나 씩 웃기만 했다. 사람들은 그런 그를 큰소리 한 번 못 치는 부끄럼쟁이 인민군이라고 친근해하면서도 한편으로는 업신여기기까지 했다.

설날이 다가오고 있었다. 포성이 차츰 가까워지자 어른들은 국군과 미군이 반격해 오는 거라며 긴장했다. 아무리 전쟁 속이라도 자식들에게 따끈한 떡국 한 그릇 해먹여야겠다면서 어머니는 떡살을 담그며 오랜만에 웃음지어 보였다. 해마다 설날이면 우리 가족은 차례를 지내고 떡국을 먹었다. 그리고 나와 동생 훈이는 어른들께 세배하러 다녔다. 해가 머리 꼭대기에 올라올 즈음, 나와 훈이는 안암동 애기능 동산에 올라 동네 아이들과 함께 패를 나누어 연날리기를 했다. 지난해 연날리기를 떠올리며 훈이와 즐겁게 떠들어대고 있는데 주먹밥을 가지러 온 권 동무가 슬쩍 다가와 내 옆에 앉았다. 그가 힘없는 웃음을 지으며 말했다.

"애들아, 무슨 얘기를 그렇게 재미나게 하니? 나도 해줄 이야기가 있는데 한번 들어볼래? 있잖아, 포탄이 쌔앵하고 날아올 때는 말이다, 그것은 아주 머언 데 떨어지는 거다. 그런데 말이다, 스르르스르르 하고 날아올 때는 말이다, 아주 가까이 떨어지는 거란다. 그러니까 포탄이 날아오는 소리에 따라 정신 바짝 차려 귀를 쫑긋 세우고 있다가 몸을 날래 피해야 한단다."

고드름

나는 설날에 권 동무 아저씨와 함께 떡국을 먹으면 좋겠다고 어머니에게 말씀드려야지 생각했다. 하지만 그날 뒤로 다시는 권 동무를 보지 못했다. 미친 듯 날뛰던 황복도 보이지 않았다. 모두들 그가 인민군을 따라 북쪽으로 올라갔을 거라 막연한 추측만 했다. 나는 주머니에서 빨간 손전등을 꺼내 볼 때마다 권 동무 아저씨의 그 쓸쓸한 얼굴이 떠오르고는 했다.

눈 덮인 하얀 산들이 고즈넉이 엎드려 있었다. 우리는 들녘길 잔설을 밟으며 야트막한 언덕을 넘어 나아갔다. 저만큼 산마루 자락에 길을 막아선 미군 탱크들의 긴 포신과 참호 밖으로 내민 기관총부리들이 이쪽을 노려보고 있었다. 미군 진지가 가까워질수록 사람들은 졸아들었다. 병사들의 철모가 겨울 햇빛에 부딪쳐 반짝였다. 노인도 잔뜩 긴장한 얼굴이었지만 다부지면서도 칼칼한 목소리로 침착하게 주의를 주었다.

"무슨 일이 있어도 놀라 소리치거나 달아나선 안 돼!"

이윽고 흑인 병사들 얼굴이 눈에 들어왔다. 기관총구들이 천천히 우리 쪽으로 돌아섰다. 숨이 막힐 듯한 찰나, 벽력 같은 고함이 머리 위에 떨어졌다. 모두들 깜짝 놀라 멈춰 서서 두 손을 번쩍 치켜들었다. 그러자 백인 장교가 싱긋 웃으며 어서 오라고 손짓했다. 노인이 속치마를 뜯어 만든 백기를 하늘 높이 치켜들고 흔들자 미군 병사들이 껄껄 웃어댔다. 신갈 네거리에 들어서자 폭격에 무너져 내린 길가 건물들이 시커멓게 황폐한 잔해를 드러냈다. 우리는 한길에서 좀 떨어진 산자락 끝 꽤 큰 기와집에 수용되었다. 남으로도 북으로도 통행이 금지된 피란민들은 포로 아닌 포로가 되었다.

나는 노인과 함께 사랑방을 썼다. 미군들이 끊임없이 쏘아올리는 포탄 소리에 집이 마구 흔들렸다. 당장이라도 천장이 무너져 내릴 것만 같은 굉음이 내 심장을 두들겨댔다. 숨도 제대로 쉬지 못하며 움츠렸다가 포성이 잠잠해지면 밖으로 나갔다. 바라산 너머 달마을 쪽에서 불길이 치솟는 게 보였다. 눈 덮인 은세계가 어둠에 서서히 내려앉는다. 하늘은 짙푸른 바다만큼이나 깊었다. 그 겨울밤은 우주를 향해 열린 창과도 같았다. 낮에는 포탄 초연이 자욱이 피어올라 하늘은 불투명한 푸른색을 띠고 낮게 드리운 구름 아래 초췌했다. 밤하늘은 우리를 숨겨 주고 그나마 자유를 느끼게 해주었다. 겨울 밤하늘을 덮은 무수한 별들은 아주 조그만 희망이라도 안겨주려는 듯 쉬지 않고 반짝거렸다. 미군 병영 불빛 너머로 들리는 포탄 소리에 시달리면서도 전장의 밤은 자연 그대로 모습을 간직한 채 고요히 숨쉬고 있었다.

어둠이 채 걷히지 않은 깊고 푸른 별바다에 먼동이 터오는 겨울 하늘은 팽팽한 긴장감으로 더욱 차가웠다. 미군부대 앞 논밭에는 어디서 모여들었는지 백 명이 넘는 피란민들이 죽 늘어서 있었다. 저마다 깡통 하나씩 들고 살을 에는 칼바람 속에서 발을 동동 굴러댔다. 내 곁에는 개성댁네 은지 누나가 두 손으로 깡통을 꼭 쥐고 고개를 숙이고 있었다. 미군들은 길게 줄을 지어 뷔페식으로 아침 식사를 하며 저희끼리 낄낄 웃어대다가, 유형수처럼 늘어서서 식사가 끝나기를 기다리는 우리 울적한 얼굴들을 보고는 웃음을 그쳤다. 식사가 끝나면 미군 취사당번들이 음식 찌꺼기를 거두어다가 드럼통에 쏟아붓고 펄펄 끓였다. 사람들은 그것을 꿀꿀이죽이라 불렀다.

나는 꿀꿀이죽을 깡통에 받아 노인과 함께 먹었다. 노인은 몇 술 뜨다가 이내 숟가락을 힘없이 내려놓았다. 빵, 당근, 치즈, 잼, 닭고기 조각, 토마토, 버터, 소시지들에다 담배꽁초까지 섞인 꿀꿀이죽이 비위에 맞을 리 없었다. 나도 처음에는 속이 니글거려서 몇 번이나 먹은 것을 게워내곤 했다. 그러나 어느덧 맛나게 먹을 수 있게 되었다.

한낮 신갈 네거리에는 아이들이 대여섯씩 무리지어 서 있거나 앉아 있었다. 미군 지프나 트럭이 지나갈 때마다 아이들이 마구 소리쳤다.

"헬로 초콜릿 기브미! 오케이 오케이! 예스 예스! 땡큐 땡큐!"

아이들은 그 뜻이나 아는지 모르는지 주워들은 대로 목청껏 외치며 차를 쫓아 뛰었다. 미군들은 재미있다는 듯 싱글거리며, 숨가쁘게 쫓아오는 아이들에게 초콜릿, 젤리, 드롭스, 추잉검 따위를 던져 주었다. 땅바닥에 떨어진 것을 먼저 주우려고 벌떼처럼 달려들어 봤자 언제나 억센 아이들 차지였다. 나도 그 무리에 여러 번 끼어들었지만 늘 길바닥에 엎어져 상처만 입을 뿐이었다. 그러나 딱 한 번 초콜릿 조각을 손에 쥘 수 있었다.

　어김없이 아이들과 함께 트럭을 뒤쫓던 날이었다. 그날따라 몹시 배가 고팠던 나는 온힘을 다해 트럭을 따라 뛰었다. 언제나 아이들 꽁무니만 쫓던 내가 어느 틈엔가 앞자리에서 달리고 있었다. 갑자기 희망으로 가슴이 부풀어 올라 고개를 치켜들었다. 트럭 오른쪽 끝에 앉아 있던 유난히 얼굴이 뽀얀 젊은 미군이 나를 보고 활짝 웃으며 휘파람을 불었다. 그의 손에는 여태껏 본 적 없는 고무신만 한 커다란 초콜릿이 들려 있었다. 가슴이 두근거렸다. '저건 내 거다!' 나는 입이 귀에 걸릴 만큼 활짝 웃으며 초콜릿만 쳐다보고 마냥 뛰어나갔다. 그런데 그때 갑자기 누가 퍽, 소리가 날 만큼 내 등을 후려쳤다. 나는 순식간에 맨 땅바닥으로 고꾸라졌다. "와!" 커다란 함성과 함께 아이들 발소리가 들리고 매캐한 흙먼지가 눈과 콧구멍으로 날아들었다. 몇 번인가 아이들의 고무신이 내 등을 밟고 지나갔다. 나는 고개를 들고 눈앞에 벌어진 광경을 바라다봤다. 어찌된 일인지 요란한 바퀴 소리를 내던 트럭이 멈추고 뒤따르던 아이들도 우뚝 섰다. 나는 부끄러움을 느끼며 겨우 일어나 앉았다. 휘파람 소리가 들려왔다. "헤이 보이, 컴 히얼." 내게 휘파람을 보내던 그 젊은 미군이 초콜릿을 든 손을 나에게 흔들어 보였다. 나는 잠시 머뭇거리다가 벌떡 일어나 달려갔

피란민 수용소 피난민 가족(1951. 9. 11) 먹을 것이 없던 전쟁통에 꿀꿀이죽은 유일한 음식이었다.

다. 그러자 그는 허리를 굽혀 나와 눈을 마주치며 싱긋 웃더니 손을 뻗어 그 커다란 초콜릿을 건네주었다.

그 순간 신기하게도 목구멍에서 말이 튀어 나왔다. '땡큐 땡큐'를 되풀이하면서 집으로 뛰었다. 정확히 말하면 은지 누나에게로 달려갔다. 은지 누나의 하얀 손을 붙들고 뒤란 헛간으로 가서 큼직한 초콜릿을 꺼내 누나의 코앞에 들이밀었다. 화들짝 놀란 누나가 눈을 반짝거렸다. "이거 누나 거야. 다 먹어." 나는 조금도 망설임 없이 말했다. "나 혼자? 너는?" 은지 누나가 눈을 동그랗게 뜨고 물었다. "머, 먹었어, 나는." 나는 침을 꿀꺽 삼키며 말했다. "지금 빨리 먹어, 안 그러면 애들이 쫓아올지도 몰라." 은지 누나는 눈을 껌뻑거리다가 초콜릿 포장을 뜯고 한 입 베어 물었다. "맛있다!" 누나가 활짝 웃었다. 발그레한 두 볼에 살짝 패는 보조개가 예뻤다. 그리운 엄마의 하얀 박꽃 모습이 거기 담겨 있었다. 두 입 베어 물던 누나가 내 입에 초콜릿을 밀어 넣었다. 늘 허허롭던 마음이 그 순간만큼은 따뜻하게 차올랐다.

"이거 한 조각 울 엄마 드려도 괜찮지?"

은지 누나가 얼굴을 붉히며 말했다. 나는 웃으며 고개를 끄덕였다.

늘 허기지고 힘든 나날이었다. 꿀꿀이죽조차 얻어먹지 못한 날은 은지 누나와 함께 앞산마루에 올라 여기저기 얼어버린 참호구덩이를 헤치며 먹을 것을 찾아다녔다. 꽁꽁 언 빵조각, 소시지, 비스킷이 눈에 띄면 흙만 털어낸 얼음조각 덩이째 입에 넣었다. 우리는 그것을 꿀꿀이 아이스케키라고 불렀다.

사나흘 배를 곯은 어느 날이었다. 나는 귀가 떨어져 나갈듯 매서운 칼바람을 맞으며 산등성이 참호 속을 파헤쳐 닥치는 대로 주워 먹었다. 은지 누나가 말렸지만 너무나 배가 고파 얼음도 흙도 제대로 털지 않은 채 목 안으로 마구 밀어 넘겼다. 그러다 갑자기 이가 딱딱 부딪히고, 온몸이 와들와들 떨려와 쓰러질 듯 비틀거렸다. 놀란 은지 누나가 내 몸 여기저기를 주무르고 비벼주었다. 누나는 점퍼를 열고 가슴에 나를 꼭 품어 안은 채 꼼짝 않고 있었다. 은지 누나의 품 안은 따뜻했다. 누나는 나보다 세 살 위인 열네 살이었다. 맞닿은 은지 누나의 봉긋한 가슴도 내 가슴도 콩콩댔다. 누나가 더 힘주어 나를 끌어안았다. 그렇게 우리 둘은 오랫동안 하나 되어 꼭 안고 있었다.

다시 눈발이 날리기 시작하자 은지 누나와 나는 서둘러 달마을 집으로 달려갔다. 눈을 털고 사랑방으로 들어가 주워 온 음식을 그릇에 담아 노인 앞에 내놓았다.

"애야, 나는 괜찮다. 너나 먹으렴."

"할아버지, 어서 잡수세요. 드신 게 너무 없잖아요. 그러다 병이라도 나시면 어쩌려고요."

노인은 마지못해 빵 한 조각을 집어 들었다. 눈발이 더욱 사나워졌다. 벌어진 문틈으로 방 안까지 눈송이가 날아들고 있었다.

다섯 살 때였던가. 서울 안암동 애기능 동네에 살던 우리 가족은 집안 형편이 어려워져 잠시 망월리 외갓집에 와 있었다. 그때 일로 나에게는 커다란 상처가 남아 있다. 눈이 많이 내린 날 아침이었다. 온 마을이 눈나라였다. 초가지붕마다 소복이 쌓인 눈이 햇빛을 받아 부셨다. 이따금 휘어진 잔가지 끝에서 미끄러진 눈들이 흩날리며 떨어졌다. 뒷동산에 오르면 달맞이하기 좋은 외갓집. 나는 외갓집 툇마루에 앉아 처마 끝에 매달린 고드름들이 햇살을 받아 무지개 빛깔로 아름답게 반짝이는 모습을 바라보고 있었다. 마을 아이들이 지나다가 멈추어섰다. 그 가운데 키 큰 아이가 말을 걸어왔다.

"야, 서울뜨기, 너네 집 거지돼서 외할미집에 얻어먹으러 왔다며?"

우물가 버드나무에 굴뚝새 한 마리가 이리저리 고개를 돌리다가 포르르 날아오르고 포르르 내려앉기를 거듭했다. 나는 울컥 부아가 치밀었지만 아이들 말을 못 들은 척하고 그냥 굴뚝새만 바라보았다.

"서울 깍쟁이! 얼른 말해 봐. 너 벙어리니? 얼레리 꼴레리, 서울벙어리래요, 벙어리래요."

나는 놀려대는 아이들 눈을 피했다. 한참이나 아무 대꾸도 않다가 벌떡 일어나, 오산 읍내로 이어지는 마을 밖 산넘이 길을 마구 내달렸다. 무릎까지 빠지는 눈길인데도 오로지 서울 우리집에 가야 한다는 마음으로 마냥 뛰어올라갔다.

"이산아, 이산아!"

어느새 어머니 목소리가 내 뒤를 따라왔다. 나를 꼭 껴안는 어머니 눈에 그렁그렁 물기가 배어났다.

"애들이 네가 귀여워서 그러는 거야. 짓궂게 장난은 쳐도 널 괴롭히는 게 아니란다."

나는 어머니 손길을 뿌리치고 푹푹 눈 속에 빠지면서도 잰걸음을 놀렸다. 어머니는 골이 난 나를 두 손으로 붙잡으며 속삭였다.

"이산아, 까치밥 모르지? 엄마가 까치밥 볶아줄게."

나는 까치밥이라는 말에 귀가 솔깃해서 물었다.

"까치밥이 뭔데?"

어머니가 턱 끝으로 가리킨 눈 덮인 등성이 햇살 바른 곳에 열매를 가득 단 까치밥풀이 수북이 피어 있었다. 어머니는 가지 끝에 열린 까치밥을, 수수알맹이보다도 더 작은 자주색 열매를 손바닥으로 훑어 앞치마에 담았다.

"겨울 까치들이 통통하고 예쁜 건 이 까치밥을 먹기 때문이란다. 집에 가서 엄마가 볶아 줄게. 아주 맛있어."

어머니는 나를 업고 무릎까지 푹푹 빠지는 눈길을 내려갔다. 목이 메는 어머니의 가냘픈 노랫소리가 숨결에 젖어 울린다.

"바우고개 언덕을 혼자 넘자니 옛 님이 그리워 눈물 납니다. 고개 위에 숨어서 기다리던 님 그리워 그리워 눈물 납니다. 언덕 위에 핀

진달래꽃은 우리 님이 즐겨 꺾어 주던 꽃. 님은 가고 없어도 잘도 피었네. 님은 가고 없어도 잘도 피었네……."

내게는 조금 슬픈 노래로 느껴졌다. 나는 어머니에게 물었다.

"엄마는 내가 무엇이 되었으면 좋겠어?"

순간 어머니의 눈이 반짝였다.

"화성 군수나 되어주렴."

그때는 내가 너무 어려 몰랐지만, 뒤늦게 그 뜻을 알았다. 어머니의 향수, 화성 망월리 고향으로 돌아와 살고 싶은 심정이었으리라.

"난 엄마가 제일 좋아!"

"엄마도 이산이가 제일 좋단다."

나는 어머니의 목을 감은 두 팔에 힘을 주었다. 어머니가 돌아보며 환하게 웃었다. 나도 따라 웃었다. 함빡 웃는 어머니 얼굴은 한 송이 하얀 박꽃이었다. 아침을 맞는 초가지붕에 매무새 순수함 그대로의 아름다운 박꽃. 사람들은 어머니를 두고 환한 박꽃을 닮았다고 했다. 나도 그렇게 생각했다. 그때마다 왠지 해질녘의 조금 쓸쓸해 보이는 초가지붕 박꽃이 떠올랐다.

"불쌍한 울 엄마와 겸이 훈이 동생들 몸 위에도 저렇게 눈이 내리겠지요. 제가 달마을을 다시 찾아갈 때까지 엄마와 동생들이 잘 있을까요? 제가 떠나온 날 바라산 너머로 불길이 마구 치솟았는데……."

잔잔하게 미소짓는 어머니 얼굴을 떠올리며 혼잣말하듯 중얼거리다 나도 모르게 흐느끼자 노인이 내 등을 부드럽게 어루만져 주었다.

"이산아! 울지 마라. 할아버지가 재미있는 이야기 해줄게. 하늘에서 하얀 눈이 어떻게 만들어져 내릴까, 궁금하지? 눈송이는 수증기가 한 데 엉기어 뭉쳐지거나 작은 얼음알갱이들이 서로 들러붙어 만들어진 단다. 눈송이를 자세히 들여다본 적 있니? 거미줄처럼 투명하고 아름답게 짜인 육각형 모양이지. 눈송이는 땅에 닿으면 그 모양이 흐트러지면서 마치 낟알처럼 된단다. 한 알의 눈송이가 다른 눈송이와 더해지며 차츰 커지는 거야. 때로는 그 크기가 엄청나기도 하단다. 미국 어느 곳에서는 '은행잎보다 더 큰' 눈송이가 내린 적도 있다더구나. 놀랍지. 그러나 우리나라에는 아직 그런 커다란 눈이 내린 적은 없어. 이산아! 길이 열리면 망월리 외갓집 어른들과 피밭골 달마을로 달려가서 어머니와 동생들을 잘 수습해다가 햇빛 바른 동산에 모시고 그 앞에 아주 예쁜 꽃을 심거라. 어머니와 두 동생이 기뻐하는 얼굴을 그려보렴."

'그래, 어머니는 꽃을 무척 좋아하셨어. 망월리를 오가면서 겨울 끝자락이 물러가고 봄기운이 살아나는 산기슭 눈 속 군데군데 피어난 분홍 진달래꽃을 어머니는 아주 좋아하셨지. 어머니와 나는 그 꽃잎을 따서 먹기도 했었어.' 나는 그 시절 박꽃 닮은 어머니 모습을 떠올리며 마음이 한결 따뜻해져 옴을 느꼈다.

어느 날 오후, 입술을 빨갛게 칠한 젊은 아낙 셋이 빵, 고기통조림, C레이션 상자를 한 아름씩 안고 미군 병사들과 함께 집으로 들어섰다. 어른들은 방을 빌려주기로 약속한 듯 뒤란으로 돌아가 모르는 척 서성거렸다. 병사들이 여인들 꽁무니를 따라 안방, 건넌방, 아랫방으로 들어갔다. 야릇한 신음과 낮은 비명이 흐느낌처럼 새어나왔다. 30분쯤 흘렀을까. 미군들이 하나둘 방에서 나와 히죽거리며 돌아갔다.

조금 뒤 밖으로 나온 여인들은 얼굴이 빨개져서는 달아나듯 종종걸음으로 사라졌다. 그 뒤로 미군들이 올 때마다 아이들은 대문 밖으로 쫓겨나 추녀 아래 몸을 웅크리고 앉아 추위에 떨어야만 했다. 연방 콧물을 닦아서 소매와 손등이 반들거렸다. 은지 누나는 화가 난 듯 고개를 숙인 채 내게 눈길 한 번 주지 않았다. 다만 우리가 밖에 나와 있는 일이 미군부대에 깡통 들고 가서 꿀꿀이죽을 얻어먹는 것보다 더 수치스러운 일이라는 걸 나는 어렴풋이 알 수 있었다.

그날부터 노인은 이맛살을 잔뜩 찌푸린 채로 그저 먼 산만 바라보았다. 파리한 흙빛 얼굴이 고뇌와 비감으로 가득 찬 듯 느껴졌다. 방에 누워 잔기침만 거듭할 뿐 꿈쩍도 하지 않았다. 물 한 모금도 마시지 않았다. 음식을 권해도 그저 천장만 노려볼 뿐 말 한마디 붙일 수 없이 냉엄하기만 했다. 그렇게 아흐레가 지나고 땅거미가 내리던 어둑한 초저녁이었다. 노인은 머리맡에 앉아 있는 내 손을 가만히 잡은 채 가쁜 숨을 몰아쉬며 겨우 말을 이어갔다.

"이산아, 이를 악물고 꼭 살아남아야 해. 어린 너희가 희망이란다. 사람은 언제나 착하고 올바르게 살려 애써야 한다."

내게 남긴 노인의 마지막 말이었다. 뒤에 알았지만 그는 함경남도 북쪽 꼭대기 혜산진에 가족을 두고 홀로 남쪽으로 온 초등학교 교감 선생님이었다. 노인의 시신은 깃털처럼 가벼웠다. 모두들 말없이 뒷동산 볕바른 자리에 노인을 누이고 얼어붙은 겨울흙을 덮었다.

생존의 본능이 수치심을 이긴 것일까. 처음에는 부끄러워 어쩔 줄 몰라 하던 여자들도 이젠 덤덤해진 듯 아예 방을 잡아놓고 미군들을 받았다. 평화롭던 시절 같으면 손가락질 받으며 마을에서 쫓겨나야 할 일이지만, 지금은 도덕관념 따위쯤 얼마든지 무시될 수 있는 처참한 전장 한복판이었다. 눈 딱 감고 조금만 참으면 꿀꿀이죽과는 비교할 수 없을 만큼 맛난 전투식량과 부식들을 한 아름 받아 가족들을 배불리 먹일 수 있는 것이다. 그 모습을 멀찍이서 지켜보던 어른들은 혀를 끌끌 차면서도 그녀들을 비난할 수만은 없었다.

오랜만에 포성이 멈춘 어느 오후였다. 이미 미군 셋이 방들을 차지하고 있는데, 뒤늦게 흑인 병사 둘이 들이닥쳤다. 그들은 댓돌에 놓인 군화를 보고는 화를 내며 욕설을 내뱉었다. 그래도 앞선 병사들이 나오기를 기다리기로 한 듯 주위를 서성거렸다. 그런데 방에서는 좀처럼 일이 끝날 기미가 보이지 않았다. 짜증이 치밀어 오른 그들은 괜히 아이들 뒤통수를 쥐어박으며 화풀이를 해댔다.

그런데 그 한 병사가 별채 앞 우물 속을 내려다보고 있는 나를 보더니 손짓으로 불렀다. 다가가자 초콜릿 상자를 건넸다. 얼떨결에 받아 든 나는 영문을 몰라 어리둥절할 수밖에 없었다. 그것도 잠시, 그는 내 손목을 우악스럽게 움켜쥐고는 뒤울 안 헛간으로 끌고 갔다. 흑인 병사는 안주머니에서 지갑을 꺼내 1달러짜리 두 장을 내밀었다. 나는 받지 않겠다며 고개를 저었다.

"사까하찌 오케이, 오케이?"

흑인 병사는 커다란 두 눈을 번뜩이며 말이 끝나자마자 바지를 훌떡 내리고는 사타구니에 달린 징그럽게 잔뜩 성이 난 시커먼 성기를 내 앞으로 불쑥 내밀었다. 나는 깜짝 놀라 뒷걸음쳤다. 그가 내 손을 덥석 낚아챘다. 겁에 질린 나는 잡힌 손을 빼내려 있는 힘을 다해 버둥거렸으나 흑인 병사는 더욱 억세게 손아귀에 힘을 주었다.

"오케이, 사까하찌, 사까하찌, 오케이?"

흑인 병사는 손짓 눈짓할 것 없이 온몸을 꿈틀거리며 나보고 그것을 어서 입으로 빨아달라는 시늉을 해댔다. 얼핏 그 의도를 알아차린 나는 더더욱 놀랐다. 징그럽고 더럽고 무서웠다.

'싫어 싫어! 아, 악! 이 손 놓으란 말이야!'

나는 마구 소리쳤지만 또다시 말이 되어 나오지 않았다. 그는 거웃 수풀 속에 불뚝 선 성기를 내 얼굴에 마구 비벼댔다. 얼굴이 뜨거워지며 가슴이 뛰고 구역이 치밀었다. 입술을 꽉 깨물고 잡은 손을 힘껏 뿌리친다는 게 그만 주먹으로 그것을 세게 쳐버리고 말았다.

"갓댐 갓대밋! 싸나가 빗치!"

순간 흑인 병사는 얼굴을 일그러뜨리고 두 손으로 성기를 감싼 채 쩔쩔맸다. 나는 허둥지둥 밖으로 뛰쳐나왔다. 가슴이 쿵쿵 뛰고 토할 것만 같았다. 구역질을 하며 침을 뱉고 또 뱉었다. 쇳소리가 크게 귓속을 울리며 가까워졌다 멀어졌다 했다. 무너진 건물 앞에 서 있던 미군 헌병 대여섯이 그런 나를 보고 야릇한 웃음을 흘렸다. 나는 다시 울컥 구역질을 토해 내며, 빨강 지붕 한쪽 모퉁이가 폭격에 날아간 단층 우체국 건물로 뛰어들어갔다. 가쁜 숨을 가누며 쌀겨가 쌓인 구석에 웅크리고 앉자 눈물이 마냥 솟구쳤다.

서쪽으로 난 창에 햇살이 비껴든다. 땅거미가 짙게 깔리며 어둠이 나를 감싸주었지만, 배고픔과 쓸쓸함이 가슴을 짓눌렀다. 한기에 이가 절로 딱딱 부딪쳤다. 싸늘한 냉기가 뼛속까지 파고들었다. 그날 밤 나는 기와집으로 돌아가지 않았다. 무릎 사이에 머리를 박고 다리를 감싸 안은 채 쌀겨 속에서 잠이 들었다.

달마저 으슥한 구름에 안겨 숨어버려 아득히 먼 세계로 들어선 듯하다. 한낮도 저녁도 아닌 몽롱한 눈앞 풍경이 부유하듯 떠오른다. 오산역에 내려 남촌다리 건너고 늪리 버름 과수리 방죽으로 꺾어들어, 낮은 산 두 번 넘어 논밭을 지나면 양짓말이다. 거기에서 까치밥 고개 하나 더 넘으면 외가가 있는 망월리가 나온다. 달빛 쏟아지는 밤길 어머니 손잡고, 더러는 밤기차에서 내려 나 홀로 얼마나 오갔던 길인가. 은사시나무를 산들바람이 훑고 지나간다. 왠지 모르게 눈앞의 모든 것이 희부옇다. 내 발소리에 놀랐는지 산새가 후드득 날아오른다. 칠흑빛 밤 같기도 하고 밝은 달밤 같기도 해 무척이나 신비롭다. 눈앞이 몽롱한 가운데 언뜻언뜻 구름이 열리면 눈에 띄게 하얀한 줄기 달빛이 쏟아져 망월리로 가는 길을 비춘다. 하얀 길 들꽃들이 어슴푸레 빛난다. 맑디맑은 무한한 슬픔이 조금씩 밀려들어 내 가슴속을 가득 메운다. 은사시나무들이 늘어선 산길을 비치는 달빛이 까닭 없이 슬퍼 보인다. 이렇게나 슬픈데도 나는 왜 울지 않는 것일까. 새하얀 달빛은 여전히 길을 비추고 있다. 이제 양짓말을 지났는데 망월리는 얼마쯤 남았을까. 갑자기 바람이 멈추었다. 노래하듯 울어대던 나뭇가지들도 더는 소리를 내지 않는다. 모든 것이 고요한 달빛 속에 잠겼다. 그 처연한 적막을 밀어내며 속삭이는 소리가 들려왔다. 아기의 옅은 흐느낌 같기도 하고, 오랫동안 병을 앓는 환자의 힘없는 숨소리 같기도 했다. 끊길 듯 이어지고 멈춘 듯 쉬어가던 희미한 음률이 망월리로 가는 산길을 에워쌌다.

아무 말 없이 침묵하는 달을 바라보며 나는 영원(永遠)함에 대해 생각했다. 나는 그 의미를 자세히 몰랐다. 다만 그게 어떤 느낌인지는 알 수 있을 것만 같았다. 침묵과도 같은 영원. 언젠가 그 풍경을 보았다. 달빛 아래 무거운 침묵이 흐르고 꿈길처럼 시간이 멈추지 않았던 영원한 순간. 꿈속이었던가. 나는 달빛이 서리 내린 듯 하얀 길을 걷고 있다. 저만큼 까치밥 산으로 오르는 모롱이 바위에 달빛에 잠긴 여인이 다소곳 앉아 있다. 가녀린 어깨, 하얀 치마저고리. 바람결에 살짝 땅을 어루만지는 하얀 치맛자락. 고개를 숙이면 곱게 빗어 올린 쪽진 머리 옆으로 도톰한 귓불이 보인다. 목덜미는 달빛을 받아 신비로울 만큼 새하얗다. 나는 홀린 듯 다가가 여인 곁에 앉는다. 영롱한 달빛을 받아서인지 여인의 얼굴이 잘 보이지 않는다. 깊고 푸르른 밤하늘에 꿈꾸는 달의 숨소리를 느끼려는 듯 문득 여인은 얼굴을 들어 달을 본다. 그때다. 달빛 아래 모습을 숨기던 그녀 얼굴이 갑자기 환한 박꽃으로 은은한 빛을 내뿜기 시작한다. 나는 깜짝 놀라 눈을 비비고 여인을 본다. 교교한 얼굴빛. 그런데…… 어찌된 일인가. 반짝이는 이슬방울이 여인의 볼을 타고 흘러내린다. 이슬방울은 반짝 빛나다가 사라지고 다시 빛나다가 또 사라진다.

"아주머니…… 지금 울고 계신가요? 아주머니 뺨에 반짝이는 이슬방울은 눈물인가요?"

내가 조심스레 물었다. 여인은 하늘에 눈길을 둔 채 말이 없다.

이윽고 여인이 머리를 돌려 말한다.

"얘야, 나는 울지 않는단다. 달빛이 너무 밝아 눈물이 났던 거야."

그러나 나는 여인의 말이 믿기지 않는다.

'아냐, 눈물은 슬픔의 말 없는 언어라는데 아주머니는 너무 슬퍼서 울고 있었어.'

나는 용기를 내어 여인에게 말한다.

"아주머니는 슬픔을 감추려 나한테 거짓말하는 거예요. 그렇죠?"

나는 그 여인의 슬픔이 무엇 때문인지 몹시 알고 싶다. 그리고 말하고 싶다. 내 안에도 여인과 같은 슬픔이 있다고…… 그 슬픔이 자꾸만 커져가는데 어떻게 토해내야 할지 방법을 모르겠다고…… 그러나 나는 말을 삼켰다. 내 슬픔보다는 여인의 슬픔이 더 궁금하다. 나는 여인의 얼굴을 물끄러미 바라본다. 여인은 고개를 들고 구름에 가려지는 달을 하염없이 바라본다. 여인의 눈물이 볼을 타고 끊임없이 흘러내린다. 눈물방울은 턱 끝에 맺혔다가 가슴으로 똑똑 떨어진다. 얼마나 견뎠을까. 더는 참을 수 없어 내가 입을 연다.

"아주머니, 왜 자꾸 우시는 거예요? 뭐가 그렇게 슬픈지 어서 말해 주세요, 네?"

여인은 대답 대신 가슴을 움켜쥐고 연거푸 기침을 해댄다. 나는 여인에게 더 묻지 않기로 한다. 여인 곁으로 좀 더 조심스럽게 다가앉아, 가녀리게 떨고 있는 그 어깨를 가만가만 어루만져 준다. 하염없이 달을 바라보며 울던 여인이 슬며시 얼굴을 돌려 내게 묻는다.

"너도 슬프구나. 그렇지? 그럼 나와 함께 울어주렴. 너에게는 눈물 흘리는 모습을 보여도 부끄럽지 않을 것 같구나. 네가 모두 이해해 주리라 믿어지는구나."

여인이 살며시 두 손으로 가만 내 얼굴을 당긴다. 내 볼이 여인의 볼에 맞닿는다. 순간, 내 안에 가득했던 슬픔이 견딜 수 없이 세차게 소용돌이친다. 여인의 따스한 말 때문인지, 아니면 모든 걸 껴안을 듯한 달빛 때문인지 알 수 없다. 나는 어깨를 들썩이며 하염없이 흐느낀다. 가슴속에 강을 이루고 있던 눈물이 마구 솟구친다. 아! 나는 몸이 뜨거워짐을 느낀다. 오랫동안 안으로만 휘몰아치던 슬픔이 이제야 터져버리는구나! 나는 문득 깃털처럼 가벼워지는 나를 발견한다. 갑자기 은지 누나의 동그란 얼굴이 떠오른다.

"아주머니, 말씀드릴 게 있어요. 아주머니는 제 슬픔을 몽땅 씻어주었어요. 언젠가 은지 누나가 그랬던 것처럼요. 아주머니를 누나라고 불러도 될까요?"

"무슨 소리니? 너에게는 누나가 없지 않니? 남동생 둘뿐이잖아. 네가 나를 누나나 아주머니라고 부를수록 내 슬픔은 더욱더 커질 뿐이란다."

"그럼 어떻게 부르면 좋겠어요?"

"어떻게 불러야 하냐고? 넌 나를 벌써 잊었나 보구나……."

여인이 얼굴을 바짝 들이댄다. 동그스름한 볼, 박꽃 같은 환한 얼굴에 크고 맑은 두 눈, 부드럽게 내리뻗은 콧망울. 그 순간, 바로 그 순간 떠오르는 얼굴이 있다. 그러고 보니 정말 어머니다. 틀림없는 울 엄마다.

"아아, 어머니, 어머니셨어요? 저는 이제까지 어머니를 찾고 있었어요."

"오 그래, 이산아, 이 어미를 이제 알아보겠니?"

어머니는 기쁨에 떨면서 젖은 목소리로 그렇게 말한다. 그러고는 나를 꼭 끌어안는다. 나 또한 어머니를 힘껏 부둥켜안는다. 어머니 품에 달콤한 젖내음이 어려 있다. 눈물이 그칠 줄 모르고 흘러내린다. 우리는 한몸으로 얼어붙은 듯 그대로 떨어질 줄 모른다.

그때다. 느닷없이 중공군과 미군이 나타나 우악스럽게 우리를 갈라 놓는다. 어머니는 두 손을 내민 채 뭔가를 말하려다 슬픈 얼굴로 스르르 멀어져간다. 나는 사라져 가는 어머니를 큰 소리로 부른다. '어머니! 어머니!' 그러나 목소리는 다시 나오지 않고 입만 크게 벌린 채 몸부림친다.

나는 잠에서 깨어났다. 내 두 뺨에 눈물이 그칠 줄 모르고 흘러내렸다. 어머니와 동생들이 이제 더는 이 세상 사람이 아니라는 사실을 새삼 깨달았을 때 또다시 눈물이 떨어졌다. 포탄에 무너진 우체국 지붕 구멍으로 아침햇살이 쏟아져 내렸다. 쌀겨를 털면서 따뜻한 햇살을 입고 일어선 나는 아무 일도 없던 것처럼 기와집으로 돌아갔다. 사람들이 무슨 일이 있었느냐 물었지만 아무 말도 할 수 없었다. 밤새 몹시 걱정했다는 은지 누나에게도 아무 말 하지 않았다. 나는 뒤란 굴뚝 옆 구석에 웅크리고 앉아 파릇파릇 잎이 돋아나는 버드나무 우듬지를 올려다보았다. 거기에 까치집이 있었다. 까치 두 마리가 정답게 먹이를 날랐다. 새끼 까치들이 저마다 입을 벌리고 "깍! 깍! 깍!" 야단스럽게 울었다. 어머니와 동생들의 슬픈 얼굴이 피어올랐다. 울고 있는 동생 훈이의 동그란 얼굴, 커다란 눈동자가 떠올랐다.

지난해 따뜻한 봄날 오후였다. 종로 5가 평화극장 못미처 우체국 앞에서 나는 목판에 볶은 콩을 수북이 담아올린 종지를 놓고 콩팔이를 했다. 옆에서 동생 훈이가 콩이 먹고 싶어 자꾸만 내 눈치를 힐금힐금 살폈다. 나는 애써 동생을 외면하고 거리를 지나는 사람들에게 눈길을 주었다.

"형, 콩 한 줌만 먹으면 안 돼?"

"안 돼!"

단호하게 잘라 버리는 내 말에 동생은 기가 죽었다. 그때 한 아주머니가 훈이 또래 아이를 데려와서는 콩 열 종지를 샀다. 집이 효제초등학교 뒤라며 돈을 줄 테니 따라오라고 했다. 나는 훈이에게 콩목판을 맡기고 아주머니를 따라갔다. 한참만에 돌아와보니 목판의 콩이 반이나 줄어 있었다. 나는 기쁜 마음에 잘 팔았다고 동생을 칭찬하며 등을 두드려주었다.

"콩 판 돈 이리 줘."

훈이는 유난히 큰 두 눈만 끔벅끔벅했다. 그런데 동생 입언저리에 콩부스러기가 잔뜩 묻어 있었다.

"너 이걸 다 먹어 치웠구나!"

나는 동생의 뺨을 후려갈겼다.

"으앙!"

나는 엉엉 우는 훈이의 손목을 잡고 집으로 끌고 갔다. 그때 우리는 종로 5가 뒷골목 일본사람들이 살다 간 합숙소 3층 건물 맨 밑층 창고방에 살고 있었다. 훈이가 갑자기 내 바짓가랑이에 매달리며 용서해 달라고 애걸했다.

"형, 잘못했어, 다시는 안 그럴게, 응?"

서럽게 눈물을 펑펑 쏟아내는 동생 훈이의 얼굴은 화롯불에 덴 것처럼 벌갰다. 그 순간 눈물범벅이 된 훈이의 얼굴이 내 가슴에 흑백사진을 찍은 듯 선명하게 찍혔다. 아, 그때 왜 나는 어린 동생에게 괜찮다는 말 한마디 상냥히 해주지 못했을까. 오죽 배가 고팠으면……

목이 메어 왔다. 시야가 어지럽게 일렁거린다. 기억 속에 엉겨붙은 회한이 날카로운 파편이 되어 내 가슴을 찌르며 흘러내렸다.

작렬하던 포성이 멈췄다. 다시 해거름이 되어 서쪽 창으로 스러질 듯 비껴든 햇살 속에 슬픔이 차올랐다. 전쟁의 열기를 식히며 여혹한 밤이 내린다. 밤은 우리의 내밀하고 깊숙한 부분을 빚어낸다. 포연이 떠다니는 전장의 밤이 어떤 중공군 병사에게는 불안과 고독의 시간일지 모른다. 어떤 미군 병사에게는 전투에서 해방된 자유의 시간일지 모른다. 어떤 국군 인민군 병사에게는 하루의 격정을 밀쳐둘 수 있는 여백이면서, 보이지 않는 적의 위험이 도사리는 사각지대일지 모른다.

3월이 다 갈 무렵, 미군 24사단이 북으로 올라가면서 마침내 통행금지가 풀려 피란민들은 뿔뿔이 흩어졌다. 은지 누나는 내 손을 꼭 잡고 눈물을 글썽였다. 나도 눈물이 핑 돌았다. 할아버지가 돌아가신 뒤 나를 따뜻하게 대해 준 사람은 오로지 누나뿐이었다. 우리는 서울에서 꼭 다시 만나자고 약속했다. 은지 누나는 서울 숙명여중 2학년이었다. 누나는 연거푸 돌아보며 고개를 떨구었다. 나 또한 몇 번이나 걸음을 멈추어 언덕 너머 사라져 가는 누나의 뒷모습을 돌아봤다.

나는 오산으로 내달렸다. 밤이 깊어서야 망월리 외갓집에 이르렀다. 뜻밖에도 제2국민병으로 소집되었던 아버지가 돌아와 있었다. 거지꼴의 나를 보고 깜짝 놀란 외할머니와 마을 어른들은 어머니와 두 동생에 대해 물었다.

"죽, 죽……."

어머니와 동생들이 얼마나 참혹하게 죽어갔는지, 잔인한 그날 밤이 얼마나 무서웠는지, 인민군, 중공군, 미군들이 어떠했는지 낱낱이 말하고 싶었다. 그러나 한 마디도 말이 되어 나오지 않았다. 울컥울컥 격정이 치솟으며 다시 말문이 닫힌 것이다. 나는 다만 외할머니 가슴에 얼굴을 파묻고 왈칵 울음을 터뜨릴 수밖에 없었다. 아버지는 참담한 얼굴로 고개를 푹 숙인 채 아무 말 없이 그림처럼 앉아 있었다. 어느 집에선가 개가 짖어대기 시작했다. 무참하게 밀려오고 밀려가는 전쟁의 두려움에서 나오는 울부짖음인가. 틀림없이 저 개들은 나에게서 전장의 피비린내를 맡았으리라. 그 울음소리는 옆집에서 옆집으로, 또 다른 집으로 이어져갔다. 개들은 야성의 사나운 울부짖음으로 소리 높여 울었다. 외할머니는 나를 부둥켜안고 밤새도록 흐느꼈다.

날이 밝자마자 나는 아버지와 함께 수레를 끌고 바라산 피밭골 달마을로 떠났다. 봄빛이 물들어 오는 산내들길은 아지랑이가 피어오르고 따스했다. 바람이 지나가면서 물오른 나뭇가지 여린 초록 잎새들을 흔들었다. 아버지는 가족을 지켜내지 못한 죄책감으로 아무 말이 없었다. 나 또한 입을 꾹 다문 채 한 마디도 하지 않았다.

해가 기울 무렵 피밭골 달마을에 이르렀다. 폭격을 받아 죽은 상처투성이의 거대한 짐승처럼 폐허가 된 달마을은 그날 밤의 지옥도를 고스란히 보여주고 있었다. 아니, 소리도 움직임도 하나 없이 냉혹하게 변해버린 한 폭의 전장 그림이어서 더 참담하고 비극적이었다. 우리가 피란집 잿더미를 헤치니 여기저기서 뼈가 드러났다. 맨 밑바닥에 타다 남은 옷조각으로 겨우 어머니와 훈이 겸이 두 동생들을 가려낼 수 있었다. 아버지는 추스른 뼛조각들을 하나하나 정성스럽게 닦아 마대에 담았다. 아버지의 손끝이 가냘프게 떨렸다. 뼈는 한 자루도 채 되지 않았다. 너무나도 가벼웠다. 나는 두 손으로 자루를 가슴에 꼭 껴안았다. 눈물이 뺨을 적시며 흘러내렸다. 어머니와 동생들을 수습한 마대를 수레에 싣고 망월리로 돌아오는 버름내 산길은 잔설 속에 망울진 진달래 꽃봉오리를 품고 있었다. 냇가를 따라 늘어선 버들가지도 수줍은 듯 움츠려 싹을 숨겼다. 바람이 일렁일 때마다 산자락 은사시나뭇가지들이 몸을 흔들며 잔설을 털어냈다.

"지지배배! 지지배배!"

종다리들이 지저귀며 하늘을 맴돌다 가버린다. 들판은 다시 깊은 고요에 잠긴다. 어느덧 붉은 태양이 나무 뒤로 빠르게 내려앉으며 산자락을 건드린다. 버얼건 노을이 누리를 물들이고 있었다. 산언덕에 보라색 구름이 산줄기를 이루며 떠다닌다. 푸른색에서 창백한 담청색으로 변한 하늘에 더 많은 봉우리가 부풀어 오르고 있었다. 이제까지 말 한마디 없던 아버지가 무어라 중얼거린다.

"······여보, 미안해! 훈아, 미안하다! 아가, 미안하다!"

지금도 그 순간을 떠올릴 때마다 슬픔을 깨무는 아버지의 그 젖은 울음소리가 귓가에 울린다. 어깨가 축 처진 아버지의 뒷모습이 해 기우는 어스름 아래 더 쓸쓸해 보였다. 나는 흐르는 눈물을 닦을 생각도 않고, 입술을 깨문 채 돌아보지 않았다. 주머니 속 빨간 손전등을 동생 훈이와 함께 묻어 주고 이제 막 피어나려 봉오리진 분홍 진달래 한 아름을 캐어다가 어머니와 두 동생 무덤 앞에 심을 생각만 했다. 아, 그리운 어머니······ 스물일곱의 어머니는 두 아우를 데리고 열한 살배기 나를 남겨둔 채 영원의 시간으로 그렇게 떠나갔다.

전쟁, 그 불과 얼음의 시간은 주홍글씨가 아로새겨진 핏빛이다. 나는 오늘도 그 처절한 전장의 시간 속을 헤매는 꿈을 꾼다. 진정 시간이란 무엇인가? 우주를 빚어내는 시간을 세상의 영혼이며 생명이라 할 수 있을까. 그러나 시간은 전쟁처럼 본능적 냉담으로 무장한 난폭스런 파괴자이다. 크로노스가 제 자식들을 먹어 치우듯이, 시간이 지나간 뒤에 살아남는 것은 아무것도 없다. 전장의 시간이 지나간 자리에는 헤아릴 수 없는 시체들, 불타버린 세상의 폐허만이 남아 악취를 풍긴다. 시간은 불꽃이며 홍수다. 불태우고, 휩쓸고, 부수고 지나간다. 시간은 포식자 아닌가. 만물을 집어삼키고, 끝내는 자신마저도 삼켜버린다. 그리하여 우리는 두 번 다시 같은 강물에 발을 담글 수 없다. 찰나로 반짝이며 흘러가는 시간은 반복도 모른다. 붙잡을 수도 없다. 시간은 멈춤이 없는데, 나는 그 60년, 52만 5600시간 흐름의 순간순간 회억의 문을 열고 가엾고도 아련한 그 겨울 전쟁을 되돌아본다. 시간이 영원이라면, 나는 그 영원의 한가운데 있다. 시간은 우주의 빛 속에서 나를 에워싸고 있다. 나는 어느 찬란한 봄빛 아래 날개를 접고 꿈꾸는 한 마리 나비처럼 그 영원 속에 머물러 있다. 인간, 생명, 전쟁, 운명, 죽음, 그것들은 내가 살아가는 절절한 순수의 사유이리라.

비바람이 불어쳐도

엮은이 이정표

1판 1쇄 발행/2020. 8. 15

발행인 고정일

발행처 동서문화사

창업 1956. 12. 12. 등록 16-3799

서울 중구 마른내로 144(쌍림동)

☎ 546-0331~6 Fax. 545-0331

www.dongsuhbook.com

사업자등록번호 211-87-75330

ISBN 978-89-497-1784-5 03810